PODE ME CHAMAR DE DODÔ

© do texto Daniella Michelin, 2022
© das ilustrações Elisa Carareto, 2022

Editor: Zeco Montes
Assistentes editoriais: Tatiana Cukier e Luana de Paula

Capa: Elisa Carareto
Projeto gráfico e diagramação: Elisa Carareto e Luana de Paula
Revisão: Véra Maselli e Tatiana Cukier

1ª edição, 2022

Dados Internacionais de Catalogação na Publicação (CIP)
(Câmara Brasileira do Livro, SP, Brasil)

Michelin, Daniella

    Pode me chamar de Dodô/ Daniella Michelin;
ilustração Elisa Carareto. -- 1. ed. -- São Paulo :
ÔZé Editora, 2022.

    ISBN 978-65-89835-23-3

    1. Literatura juvenil. I. Carareto, Elisa.
II. Título.

22-108695   CDD 028.5

Índices para catálogo sistemático:
1. Literatura infantojuvenil   028.5
2. Literatura juvenil   028.5

Aline Graziele Benitez - Bibliotecária - CRB-1/3129

Todos os direitos reservados
ÔZé Editora e Livraria Ltda.
Rua Conselheiro Carrão, 420 - Bixiga
CEP: 01328-000 - São Paulo - SP
Tel: (11) 2373-9006 contato@ozeeditora.com
www.ozeeditora.com
Impresso no Brasil / 2022

PODE ME CHAMAR DE DODÔ

Daniella Michelin
Ilustrações de Elisa Carareto

ÔZé

São Paulo
2022

Para Noah.
DM

Para meu pai.
EC

"O que mata um jardim é esse olhar de quem por ele passa indiferente."

Mário Quintana

Diálogo I

– E aí, filho, gostou da casa?
– Legal...
– Tem até um jardim!
– Ahã.
– Você não vai brincar lá?
– Mas não tem nada naquele jardim.

Uma minhoca de verdade

Eu me chamo Haroldo.

Sou uma minhoca. Um minho, como falam por aqui.

Haroldo é um nome meio antigão pra alguém como eu, mas esse era o nome do meu biso, o pai da vovó. Dizem que era uma minhoca valente, que não tinha medo de nada. Talvez fosse até mais corajoso do que a minha avó. Coisa difícil, mas... quem sabe? É por isso que me deram o nome de Haroldo. Pensaram que, dando o nome, a coragem ia junto. Não funcionou.

Moro no Jardim desde que me conheço por minhoca, o que não faz muito tempo, pelo menos é o que a vovó diz. Quando não sabia o que uma minhoca era e muito menos que eu era uma, a gente morava em algum lugar pra lá do Muro do Fim do Mundo.

Pra onde a gente olha, dá de cara com o Muro. É onde o Jardim acaba, e o que segura a gente aqui dentro. Pelo menos os bichos sem asas, força, ou... coragem.

O Muro é bem alto e todo branco. Dizem que é feito de pedrinhas. Mas não tenho certeza, porque nunca fui até lá. Também não sei se ele existe pra proteger ou pra prender os bichos. Quando tô meio pra baixo, com medo de tudo, olho pro Muro e fico tranquilo. Mas se acordo com vontade de sair por aí, descobrir lugares novos, bichos diferentes, encontrar o lugar de onde eu vim, parece que o Muro fica ainda mais alto e... escuro. Estranho.

Outra coisa estranha é o nome: Muro do Fim do Mundo. Não entendo por que chamam assim, já que ali só é o fim do Jardim e o começo de um outro lugar. Mas a vovó disse que, quando chegamos, o nome já era esse.

Um dia ouvi uma conversa entre a vovó e a Dona Maria Molly, nossa vizinha. Vovó queria saber onde ela tinha arranjado casca de banana preta, já que o cacho da bananeira do Jardim ainda estava verde (vovó faz uma torta de casca de banana preta da hora!) e Dona Molly disse que encontrou duas cascas no Recanto das Cebolinhas, perto do Muro do Fim do Mundo. Aí a vovó comentou:

– Já tá na hora de mudarem o nome desse Muro, a senhora não acha?
– Por quê? – perguntou a vizinha.
– Ora, quem hoje em dia acredita que o mundo acaba ali?

Pela cara que ela fez, o mundo acabava ali mesmo. Sem dúvida nenhuma! Vovó tentou explicar que nós viemos de um lugar bem pra lá do Muro, mas com a Dona Molly não tinha conversa.

Desde aquele dia, ela começou a olhar pra gente de um jeito esquisito. Soube por outro minho que ela espalhou por aí que a vovó não batia bem. Mas quem não batia bem era ela. E quem me contou, concorda.

Tirando a Dona Molly, dois grilos, uma joaninha, cinco aranhas e trinta e dois mosquitos, todo mundo reconhece que a vovó Ana Elídea é o bicho mais sabido do Jardim. Ela tem quinze anos. Isso mesmo. Quinze anos! É tanto tempo que... nem sei! E ela não passou a vida só chutando barro, não. Vovó já escapou de um anzol, organizou uma revolta num minhocário e fugiu do bico de uma coruja em pleno voo!

Nessa última aventura, eu estava junto. Descobri isso no cafofo do Joca, um amigo de quando eu era bem minhoquinha. Ouvi a mãe do Joca dizendo pro pai do Joca que foi assim que eu e a vovó viemos parar aqui. Não sei como ela sabe, porque a vovó mesmo nunca disse nada. Ela não gosta de falar do que já foi. Pra vovó, falar do passado é o mesmo que comer húmus. É isso mesmo que você ouviu. Ela diz que ficar... como é mesmo?... "remoendo" o passado é igual comer o que já foi comido uma vez. Húmus! Cocô de minhoca. Já pensou? Vovó tem cada uma!

Apesar de não falar, ela não esqueceu do que já passou. O húmus tá lá, dentro da cabeça dela. Eu sei por que sempre que a gente escuta o pio de uma coruja, vovó se encolhe toda e me empurra pra dentro do cafofo. Aí a gente fica enfiado na terra um tempão, em silêncio. Se eu pergunto por que, ela faz "shhh!" e fica olhando pro nada. Nessas horas, vovó parece ainda mais velha do que é. Esse jeito dela dá mais medo que o pio da coruja.

Por mais que eu tente, não lembro de nada da época antes do Jardim. Uma vez fiz tanta força pra lembrar, que soltei um pum. Levei uma bronca daquelas e cheguei à conclusão de que deixei minha memória dentro do bico da coruja. Que pena! As memórias que ficaram lá são do tempo que eu vivia com os meus pais. Eram as únicas que eu tinha.

Não lembro deles, mas sinto saudade. Engraçado como dá pra sentir saudade de quem a gente não lembra, né? Mas é assim. O pior é que eu nem sabia o que tinha acontecido. Vovó só dizia que eles não iam voltar. Demorou pra eu descobrir a verdade.

Foi assim: eu tava brincando no cafofo do Joca, que ficava logo depois do cafofo da Dona Molly. O Joca era um minho legal, a gente até que se divertia, mas ele tinha a mania de ficar dizendo que a mãe dele era a melhor mãe do Jardim. Aí, um dia, pra não ficar pra trás, eu disse que vó valia mais que mãe e que a minha, ela sim, era a melhor do Jardim. A gente passou o dia brigando sobre quem era a melhor, e até se esqueceu de brincar.

– A minha mãe canta pra eu dormir!
– A minha vó faz torta de casca de banana preta!
– A minha mãe faz cafuné!
– A minha vó faz torta de casca de banana preta!

– A minha mãe conta histórias de quando eu era minhoquinha!

– Você ainda é minhoquinha... e a minha vó faz torta de casca de banana preta!

– A minha mãe deixa os meus amigos virem brincar comigo!

– A minha vó também... se eu pedir – respondi, mas eu não pedia. Tinha um pouco de vergonha do jeitão dela.

– A minha mãe faz tudo pra mim!

Parei pra pensar. Lembrei que já tinha falado que minha avó fazia torta de casca de banana preta. Decidi responder "minha vó também", mesmo sem ter muita certeza. Foi nessa hora que o Joca perguntou:

– Você só fala da sua avó. Cadê os seus pais?

– Não sei.

E era a verdade. Toda vez que eu perguntava, vovó vinha com aquela história de húmus e mudava de assunto.

O Joca insistiu:

– Mas como você não sabe?

– Sei lá.

– "Sei lá" não é resposta.

A mãe do Joca, que estava por perto, resolveu entrar na conversa:

– Ah, Joquinha! Os papais do Haroldinho agora são raios de sol. Toda minhoquinha um dia vira um raio de sol. E cada vez que uma minhoquinha deixa a terra e parte para o céu, o sol fica ainda mais brilhante, pois tem um raiozinho a mais – disse, sorrindo. – Agora vá para casa, Haroldinho. Já está tarde. A sua avozinha deve estar preocupada.

Nunca imaginei que os raios de sol eram minhocas! Muito menos que os meus pais estavam lá. Aquilo era muito legal! E bem confuso...

– Mas... como as minhocas viram raios de sol se...

A mãe do Joca não me deixou terminar.

– Sem mais nem menos! Já está ficando tarde. E lembrem-se, minhoquinhas: da mesma forma que as minhocas boazinhas viram raios de sol, as minhocas más e desobedientes acordam num galinheiro. Você não quer acordar num galinheiro, quer, Haroldinho?

Pela cara dela, acordar num galinheiro não era uma coisa lá muito boa. Achei melhor não insistir. Guardei minhas perguntas e fui pra casa contente. Afinal, os meus pais não tinham sumido. Eles só tinham virado raios de sol!

Desde então comecei a passar o dia fora da terra. O sol, que a vovó dizia ser perigoso e que antes me incomodava, agora era bem-vindo. Afinal, o sol era família! Aí um dia exagerei, fiquei tonto e puft... desmaiei. Se não fosse a vovó, teria secado. Acho que só não levei uma bronca na hora porque não estava acordado pra ouvir. Vovó me deixou de castigo por uma semana. Tentei explicar, mas ela não quis saber.

– Nem tente, Haroldo! Não tem cabimento uma minhoca passar o dia debaixo do sol!

Fiquei quieto. Eu sabia o porquê daquilo, e era o que importava.

No dia em que a vovó liberou a minha saída, o sol brilhava, lançando abraços quentinhos em mim. Tentei olhar pra ele, mas era difícil, depois de tantos dias no escuro. Fiquei abrindo e fechando os olhos, pra me acostumar com a claridade. Abre e fecha, abre e fecha...

De repente escutei a voz da minha avó, me virei, e vi um clarão no lugar do seu rosto.

– Vovó! A senhora virou um raio de sol! – gritei, surpreso. Depois do castigo que me deu, tinha certeza de que ela acordaria num galinheiro.

– O que você pensa que está fazendo, Haroldo? Vai ficar seco... e cego! Que minhoca miolo mole! Ainda bem que o seu bisavô não está aqui para ver o que fizeram com o nome dele.

O clarão se desfez e vi a vovó. Estava com uma cara tão brava que levei um susto. Resolvi abrir o jogo:

– Eu já sei que os meus pais viraram raios de sol!

Também disse que não era miolo mole porcaria nenhuma e que já era quase tão sabido quanto ela. Eu não falei beeem desse jeito, mas foi alguma coisa assim.

– E quem inventou essa bobagem?

– A mãe do Joca.

Vovó respirou fundo, revirou os olhos, pensou um pouco e disse:

– Haroldo, minhoca vira suco, mingau, almoço. No caso dos seus pais, foi almoço de pardal. E para que isso não aconteça com você, você precisa ficar esperto, ser uma minhoca rápida, atenta. Uma minhoca de verdade!

Fiquei enjoado. Pensei em me enfiar na terra pra não ouvir o que a vovó estava dizendo, mas no fundo sabia que era verdade. A história da mãe do Joca era mais bonita, mas a da vovó fazia mais sentido. Afinal, como as minhocas iam parar lá em cima onde ficava o sol? Tinha que ter um caminho de terra cruzando o céu. Ou então, um pássaro gentil, amigo das minhocas. E todo mundo sabe que essas coisas não existem.

Vovó resolveu me deixar "esperto", "rápido" e "atento" já no dia seguinte.

Fomos logo cedo até a Várzea dos Caracóis, onde começa a perigosa Planície Cinza, um pedaço do jardim aonde as minhocas não vão porque o chão é duro feito pedra. No caminho, ela foi me explicando o que eu devia fazer pra me esconder dos passarinhos. Vovó disse que estava me ensinando "técnicas de camuflagem".

– Se você não encontrar um lugar para se esconder, tente ficar numa posição que não lembre uma minhoca.

– Mas vó, eu sou uma minhoca!

– Deixe de besteira, Haroldo!

Que confusão! Vovó queria me transformar numa minhoca de verdade me ensinando a não ser uma minhoca de verdade. Quando a gente se aproximou da Planície, ela abriu o jogo:

– Muita falação não adianta nada, Haroldo. Vamos pôr em prática o que você acabou de aprender.

– Como assim, vó?

– Atravesse a Planície Cinza.

– O quê? Mas... mas a senhora sempre disse pra eu nunca entrar aí!

Lembrei da Dona Molly. Será que ela estava certa? Será que a vovó não batia bem? Duvido que a mãe do Joca ia mandar ele fazer uma coisa dessas.

– Você ouviu, Haroldo. Atravesse a Planície Cinza. Use as técnicas de camuflagem.
– Mas vó, já entendi tudo! Pra ser uma minhoca, não devo... ser uma minhoca! Viu? Já aprendi! Tá tudo aqui, ó! – disse, balançando a cabeça.
– Podemos voltar agora?
– Ande, Haroldo, não enrole.
– Não é enrolação... é medo – gemi, envergonhado.

O Joca me contou que um primo dele, um minho fortão que a galera chamava de Cobra, apostou com dois amigos que ele ia furar o chão da Planície Cinza. Os três foram pra lá, mas só o primo voltou. O Joca disse que ele ficou tão assustado que emudeceu. Nunca mais disse nada, nem uma palavrinha. Até hoje ninguém sabe direito o que rolou.

Apavorado, reclamei, chorei, fingi um desmaio, mas não teve jeito: entrei na Planície. O chão era duro, áspero e quente. Impossível de cavoucar. Comecei a juntar e a esticar bem devagarinho pra não me afastar demais da Várzea. Se um emplumado aparecesse, teria tempo de voltar. Vovó logo sacou o meu plano:

– Não tenho o dia todo, Haroldo!

Respirei fundo. Tentei ir mais rápido, mas o medo pesava dentro de mim. Quando me aproximei do meio do caminho, ouvi a vovó gritar:

– Pássaro azul no sol poente!

Ah, não! Lá vinha um emplumado! Me esforcei pra lembrar do que a vovó tinha me ensinado. Me enrolei ao lado de umas pedras. Uma minhoca de verdade fingindo ser uma pedra de mentira. Ou era o contrário?

O emplumado azul não devia enxergar direito ou não aprendeu que pedras não tremem. Só sei que funcionou. Vovó era sabida mesmo! Estava começando a gostar desse negócio de camuflagem.

Continuei, mais confiante. Quando cheguei no Espinhaço das Rosas Gigantes, no final da Planície, me preparei pra voltar. Ia ser moleza! Já era um mestre da camuflagem!

Mal dei a primeira esticada, escutei o grito da vovó:

– Pássaro amarelo ao meio-dia!

Olhei pra cima e vi um emplumado amarelo com uma máscara preta descendo na minha direção. Dei meia-volta e me enfiei na terra fofa do Espinhaço. O mascarado, que enxergava muito bem, veio atrás de mim e começou a bicar a terra com força. Será que era assim que a minha história acabava? Tão curtinha! Estava pensando em tudo o que eu nunca ia fazer quando percebi que o emplumado tinha desistido. Talvez uma minhoca magrela como eu não valesse o esforço. Resolvi dar um tempo antes de pôr a cabeça pra fora.

Saí e retornei à Planície, apavorado. Fui juntando e esticando bem rápido, tão rápido que às vezes em vez de juntar depois de esticar, esticava de novo e acabava rolando ou grudando no chão. Quando cheguei na metade do caminho, vovó avisou:

– Pássaro marrom vindo da laranjeira!

Será que avisaram a todos os emplumados da vizinhança que hoje era dia de minhoca atravessar a Planície? Olhei em volta. As pedras estavam longe. Não tinha pra onde ir. Fechei os olhos e me fingi de morto. Quem sabe esse emplumado só comia minhoca fresca?

Com os olhos apertados, esperando o meu fim, lembrei da história dos raios de sol. E se fosse verdade? Pensando bem, virar um raio de sol talvez não fosse tudo isso. Devia ser muito quente e claro lá em cima. E eu só teria a companhia de outros minhos. Não que eu não goste de minhocas. Gosto sim. E muito. Talvez não tanto da Dona Molly, mas a verdade é que eu queria brincar com bichos diferentes, com jeitos diferentes, ideias diferentes.

– Haroldo! Acorde! Levante daí! Tá esperando aparecer outro pássaro, é?

Levei um susto. Abri os olhos e vi a vovó na Várzea, mas nem sinal do pássaro marrom. Não é que ele só comia minhocas frescas mesmo?!

– Eu tô vivo! Eu tô vivo! – gritei, emocionado. Mas logo lembrei que ainda estava no meio do caminho e o medo voltou a pesar.

Atravessei o resto da Planície rolando e grudando, mas nenhum outro emplumado apareceu. Quando cheguei na Várzea, tremendo todo, a vovó disse que eram momentos como aquele que fariam de mim uma minhoca de verdade. Fala sério! Nunca mais eu queria passar por "momentos como aquele".

Demos um tempo na Várzea. Enquanto a vovó procurava alguma coisa pro jantar, fiquei juntando e esticando em círculos, respirando fundo e tentando entender como eu podia ser uma minhoca de mentira se eu tinha corpo de minhoca, cabeça de minhoca e juntava e esticava como uma minhoca. Tinha acabado de chegar à conclusão que era melhor ser uma minhoca de mentira viva do que uma minhoca de verdade morta, quando dei de cara com um caracolzinho que me olhava espantado. Pelo jeito, eu estava pensando em voz alta.

– Voucê é umau minhoucau de mentirau?

O caracol falava de um jeito enrolado, que combinava com a conchinha marrom que ele carregava nas costas.

– Acho que sim.

Aí, sem mais nem menos, ele perguntou se eu queria brincar. E pronto. Ficamos amigos.

O nome dele era Queleiton, mas disse que gostava de ser chamado de "Quelei" ou "Cara", que é o curtinho de caracol. A gente começou desenhando na terra. Por falta de ideias, desenhei o que tinha na frente: um caracol. Ficou bem esquisito. O Quelei desenhou uma minhoca magrela. Tentamos brincar de pega-pega, mas não deu certo. O Cara era muito lento, aí eu sempre ganhava. Ficou sem graça. Pulamos pro esconde-esconde, mas não valia se esconder embaixo da terra ou dentro da concha. Me fingi de pedra, mas o Quelei logo me achou. Pelo jeito as técnicas de camuflagem da vovó não funcionavam com caracóis. Depois brincamos de jogar Bob, um tatu-bolinha amigo do Cara, mas ele logo teve que rolar pra casa. Então o Quelei me ensinou a fazer dobraduras com folhas. Descobri que uma folha podia virar uma flor, uma formiga, uma borboleta.

– Taumbém dáu paurau fauzer um paussauri... – disse, parando no meio, sem graça.

– Um passarinho?

– Foui maul.

– Não tem problema, Cara. Já tô bem. Me ensina aí como faz um passarinho.

Achei uma folha bem apetitosa e depois que o passarinho ficou pronto, o Quelei e eu fizemos um lanche.

– Esse paussaurinhou tau umau delíciau!

– Ahã – concordei, com a boca cheia.

Podia ter ficado ali pra sempre, brincando com o meu novo amigo, mas a vovó queria voltar pra preparar o jantar.

– Vamos, Haroldo!

Eu me despedi, reclamando do jeito da vovó. Em vez de concordar comigo, o Quelei falou:

– Suau avóu é muitou couraujousau!

– É o que dizem, Cara. Pena que ela não tá nem aí se eu vivo ou morro. Só pensa em me fazer virar uma minhoca de verdade.

– Elau tau auí, sim.

– Tá nada! Se estivesse, não me fazia atravessar a Planície Cinza. Antes de conhecer você, eu tive que ir até o Espinhaço das Rosas Gigantes e voltar... sozinho! Quase virei comida de três emplumados. Não sei como não tô voando por aí na barriga de um.

– Maus eu sei.

– Eu também. Técnicas de camuflagem e... sorte!

– Voucê esqueceu dau suau auvóu!

– Como assim?

Então o Quelei contou que viu quando eu cruzei a Planície e que em todas as vezes minha avó me salvou, entrando na Planície e chamando a atenção do emplumado. Disse que quem quase virou comida de passarinho – três vezes – foi ela! O Cara estava contando como o pássaro azul, que no final da história enxergava tão bem quanto os outros, chegou a tocar a vovó com o bico, quando ela me chamou, irritada:

– Tá esperando o quê, Haroldo? Chega de conversa mole e vamos para casa.

Quelei arregalou os olhos.

– Elau taumbém é brauvau!

Eu me despedi do Cara e saí juntando e esticando ao lado da vovó, tentando acompanhar o seu ritmo: junta-junta-estica-junta-junta-estica-junta-junta-estica... Ela estava com a cara fechada, olhos apertados, jeito de quem tá pensando num monte de coisas. Não falou nada durante todo o caminho. Nem eu.

É, vovó era bem brava mesmo... E muitas outras coisas...

Talvez fosse até a melhor avó do Jardim.

Diálogo II

– Dá um sorriso, vai... Isso! Olha o passarinho!
– Ô, mãe, não sou mais bebê.
– É um passarinho mesmo... ali, ó... Todo azul, voando de um lado pro outro.
– Tá dançando pra namorada. Eu vi na televisão.

O bicho-equilibrista

Era um barulho estranho. Mistura de ronco de besouro e zumbido de abelha. Um ronco-zumbido. Começou baixinho. Parecia que vinha de longe. Depois foi ficando mais alto, mais alto, mais alto, mais alto, mais...
E aí parou. Assim... sem mais nem menos.
Imaginei que o bicho que fazia aquela barulheira toda tivesse explodido, como as cigarras depois de uma boa cantoria. Ou então que tivesse sido comido, como... como a maioria dos bichos.
Nessa hora, a bicharada do Jardim começou a correr de um lado pro outro, gritando:
– Eles voltaram! Eles voltaram!
Parecia o fim do mundo.
Só as formigas estavam contentes. Em vez de "Eles voltaram!", elas comemoravam dizendo "Doucis, doucis!" ou algo parecido.
Estava com o Quelei chutando um barro perto do tronco do abacateiro quando a confusão começou.
– Ou que voucê auchau que táu aucountecendou?
– Não faço ideia, mas é melhor a gente se esconder – respondi, esticando na direção de uma folha que tinha acabado de cair.
Quelei me seguiu pra debaixo da folha e ficamos lá, grudados e apavorados.

– Tôu coum medou – sussurrou.

– Eu também – sussurrei de volta, sem saber por que a gente estava falando baixinho.

Foi aí que ouvimos o chiado. Tão alto, que atravessou o Jardim de ponta a ponta, como um espinho, fino e comprido. Deu mais medo que o ronco-zumbido. Fosse o que fosse, ia acabar com a gente! Nessa hora bateu um vento, e a nossa folha-esconderijo voou. O Cara se enfiou na concha e eu tentei ir atrás dele.

– Eeeei! Aqui sóu caube um! – avisou a voz abafada, lá de dentro.

Aí eu fiz o que qualquer minhoca na minha situação faria:

– Vooooooooooooó!

Vovó apareceu na mesma hora. Não sei como ela fazia isso.

– Onde você estava, Haroldo? – perguntou, preocupada. – Vamos! Eles voltaram!

E dando batidinhas na concha do Cara, ordenou:

– Sai da concha, Queleiton. É hora de voltar para a Várzea!

O negócio era sério. Vovó não era de se assustar com qualquer coisa.

– Eles quem, vó?

– Os bichos-equilibristas.

– Os bichos-equilibristas... – repeti, confuso. – Eles não são de verdade, são?

– Eu nunca disse que não eram, Haroldo.

Sempre ouvi histórias sobre os equilibristas. Até da vovó, que não é muito de histórias. Vovó dizia que eles eram os verdadeiros donos da Grande Toca das Baratas. Nas poucas vezes em que falou sobre eles, avisou:

– Os bichos-equilibristas sempre voltam.

Quando ouvia essas histórias, sentia um medo gostoso. Pra mim, era tudo faz-de-conta, história pra minhoca dormir, coisa que os grandes contam pra fazer a gente obedecer. Se dissessem que criaturas gigantes, que se equilibram sobre duas pernas compridas, que gostam de espetar minhocas com anzóis, e que são capazes de derrubar uma árvore crescida existem, você acreditaria? Pois é... Eu também não.

Lembro da mãe do Joca avisando:

– Hora de entrar em casa, Joquinha! Rapidinho, rapidinho... antes que o bicho-equilibrista apareça para espetar você.

Nessas horas o Joca rastejava "rapidinho, rapidinho" pra dentro do cafofo dele. Eu me despedia, dizendo que não acreditava naquelas baboseiras de bicho-equilibrista. Aí, saía juntando e esticando beeeem devagarinho, torcendo pra ele estar olhando. Assim, ele ia ver que eu já era um minho grande, que não tinha medo de nada!

No caminho começava a imaginar o equilibrista: maior que um louva-a-deus, boca aberta, língua comprida, escondido atrás de uma folha do abacateiro, esperando a hora de dar o bote e me espetar com um anzol. Aí eu começava a escutar uns barulhos e ver umas sombras que só podiam ser do monstro. Eu dizia pra mim mesmo: "O equilibrista não existe; é coisa de minhoquinha! O equilibrista não existe; é coisa de minhoquinha!". Mas quanto mais dizia isso, mais tinha certeza de que ele ia aparecer e me pegar e...

– Haroldo! Você vai ficar parado aí com essa cara de besouro morto? Ande, fale para o seu amigo sair da concha e voltar para a Várzea. A mãe dele já deve estar preocupada. Preciso voltar para ver como está o nosso estoque de mantimentos.

Bati na concha de leve.

– Cara, pode sair, tá tudo bem, prometo... – menti. – Sua mãe deve tá preocupada.

Quelei pôs as antenas e os olhos pra fora.

– Minhau tiau countou que ous filhoutes dos bichous-equilibristaus goustaum de pisaur em cauraucouis!

– Sério?

– Eles goustaum dou baurulhou!

– Barulho? Que barulho?

– Creuk...creuk...

E começou a chorar. Choro de caracol. Sabe como é, né? A conchinha começa a vibrar e o Cara fica meio gago. Nessas horas era ainda mais difícil de entender o que o Quelei dizia.

– Eeee-u nau-nau-naum querou fauzer cre-cre-creuk, creuk!

O Quelei devia estar exagerando. "Creuk, creuk" nem era um barulho tão legal. Tentei ajudar:

– Não fica assim não, Cara. A vovó me contou que eles espetam as minhocas numas coisas afiadas chamadas anzóis, e depois jogam elas na água pra pegar os bichos que moram lá embaixo.

Acabei piorando as coisas.

– Buáu! Buáu! Buáu!

Nesse momento, Dona Queleidiane, a mãe do Quelei, apareceu. Tinha pegado carona nas costas do Beto, um besouro enorme que costumava dar uma força pros bichos de baixa velocidade. Eu era louco pra andar de Beto, mas minha avó dizia que a gente não devia ocupar o Beto à toa, com tantas lesmas e caracóis no Jardim.

– Queleitoun, meu moulusquinhou! Não choura, não choura! Mamãe chegou! – anunciou Dona Queleidiane, com sua voz grossa.

– Maumãe! Buáu! Buáu!

Quelei chorou mais ainda. Acho que estava exagerando um pouco.

– Coumou fiquei preoucupada, meu enrouladinhou! Vamous, vamous para casa. Ous equilibristas voultaram!

– Au gente vaui de Betou? – Quelei perguntou, parando de chorar de repente.

– Sim, meu moulusquinhou, ou mais rápidou poussível! E, Queleizinhou... é "A gente vai de Betou..." e não "au gente vaui".

– Au gente vaui de Betou! Uhuu! – comemorou, já esquecido do "creuk, creuk".

Dona Queleidiane revirou os olhos, sorrindo. Acho que ela não percebia que também falava um pouco enrolado.

Beto dobrou as patas e encostou a barriga no chão. Quelei e a mãe subiram.

– Tchau, Haurouldou! – gritou Quelei, balançando as antenas, contente.
– Tchau, Cara! Tchau, Dona Queleidiane!
– Tchau, Harouldou! Ouviu, meu caracoulzinhou? É "Ha-roul-dou".

Fiquei olhando os três se afastarem, na maior vontade de ir junto. Estava me imaginando num passeio pelo Jardim quando ouvimos outro chiado, ainda mais assustador que o primeiro. Estiquei pro cafofo, pulei pra dentro e resolvi nunca mais sair de lá.

– Como assim você não vai mais sair? – vovó perguntou, depois de três dias.

– Não saindo. Você mesma diz que o sol faz mal.

– Não banque o engraçadinho comigo, seu Haroldo. Eu já disse que os equilibristas estão ocupados com a Grande Toca. Não estão preocupados com o Jardim... ainda.

– Melhor eu ficar aqui. Vai que eles mudam de ideia.

– Pare já com essa bobagem! Ah, Haroldo, você não é nem um pouquinho como o seu bisavô – disse, balançando a cabeça. – Vamos lá fora... agora!

– Eu não quero ver um equilibrista. Nem de longe!

Vovó começou a me arrastar com dificuldade. Fechei os olhos e me esforcei pra fazer um corpo ainda mais mole.

– Uma... minhoca... de... verdade... não... se... esconde... da... vida – disse vovó, tentando recuperar o fôlego entre um empurrão e outro.

Mas eu não estava me escondendo da vida; estava me escondendo de um monstro enorme e perigoso. Por que era tão difícil pra vovó entender isso?

Quando ela finalmente me pôs pra fora, disse:

– Ah! Olhe! Pegamos os equilibristas do lado de fora da Toca. Aproveite e dê uma boa olhada neles. Assim você vai se acostumando.

Continuei com os olhos fechados e não me mexi.

– Vai ser assim, é? Afinal, Haroldo, você é uma minhoca ou um fungo?

Com o pouco de orgulho que me sobrava, abri os olhos devagarinho. Segui o olhar da vovó e vi... não um, mas três! Três bichos-equilibristas! Enooormes!

Nunca imaginei que existissem bichos daquele tamanho. Faziam um louva-a-deus parecer um grãozinho de terra de tão pequenininho. Percebi que o mundo devia ser cheio de coisas que eu nunca imaginei. Essa ideia me deixou assustado e ansioso, do jeito que eu fico quando estou atrasado pra ir a algum lugar divertido. Aí rolou uma sensação estranha. Tive a impressão de que o mundo que eu conhecia, o Jardim, esse sim era faz-de-conta. No mundo real tudo era possível. Até aqueles bichos!

Eram as criaturas mais estranhas que eu já tinha visto. E olha que não faltam bichos esquisitos por aqui. Tinham quatro pernas, mas só se moviam com as de baixo, que eram compridas como galhos de árvore. As pernas de cima pareciam só servir pra mudar as coisas de lugar e coçar a cabeça. Os equilibristas carregavam coisas enormes! Deviam ser tão fortes quanto as formigas. Se deixavam algo cair, se dobravam ao meio e tocavam chão com uma das patas de cima. Achei que a qualquer momento fossem se desequilibrar; mas, de alguma forma, isso não aconteceu.

Dois deles tinham a cabeça peluda, menos o mais alto, que tinha uma cabeça pelada e brilhante. Parecia um ovo gigante! Como as borboletas, cada um tinha uma cor. O Cabeça de Ovo, como eu passei a chamar o mais alto, era vermelho e preto, o outro, que tinha um pelo comprido, era azul e laranja, e o terceiro, que devia ser o filhote, era todo verde. Vovó explicou que os equilibristas trocam de pele todos os dias. O que é amarelo hoje pode ser rosa amanhã e voltar a ser amarelo no dia seguinte. Isso porque as peles não são abandonadas. Ela contou que um equilibrista pode até pegar emprestada a pele do outro. Já pensou como seria usar a pele de outro bicho? Será que a gente começa a pensar como ele?

De repente o ronco-zumbido voltou, do mesmo jeito de antes. Começou baixinho e depois foi crescendo, ficando mais alto, mais alto, mais alto, mais alto... bem mais alto e mais rouco do que na primeira vez.

Vi quando o bicho que fazia aquela barulheira toda se aproximou da

Grande Toca. Era ainda maior que o bicho-equilibrista, andava sobre quatro patas redondas, tinha grandes olhos brilhantes e um rabo prateado. Pelo jeito que chegou, roncando e zumbindo, achei que fosse destruir tudo: Toca, cafofo, eu, a vovó, o Quelei, o Jardim! Só não me enfiei na terra porque o medo pesava tanto que eu não conseguia me mexer.

Eu me esforcei pra gritar:

— Vó! Olha!

De repente, o roncador parou e ficou quieto. Achei que tivesse morrido de tanto roncar e zumbir. Mas aí aconteceu uma coisa muito maluca!

— Vó! O roncador tá vomitando um bicho-equilibrista! Peraí... um não, dois! Dois não, três! E ele tem duas bocas! Uma de cada lado! Que horror! Que nojo! Que doido!

Vovó não disse nada. Só ficava olhando com os olhos apertados. Então percebi que os equilibristas vomitados estavam se mexendo. E não pareciam nem um pouco assustados. Se eu tivesse sido engolido e cuspido por um emplumado, estaria estatelado no chão, tremendo todo, mais ou menos como eu estava naquele momento.

— Deixe de faniquito, Haroldo.

Os equilibristas vomitados (todos com a mesma cor de pele, branca e preta) deram a volta no roncador, cortaram um pedaço da sua casca e começaram a tirar coisas do corpo dele. Depois, levaram tudo até a Grande Toca. Foram e voltaram várias vezes. Estava começando a ficar com pena do bicho.

— Vó! Não vai sobrar nada do roncador! Tão esvaziando ele todinho!

Minha avó riu, mas aquilo não tinha a menor graça. Era horrível, isso sim.

Quando terminaram, botaram a casca do bicho de volta. Então, outra coisa maluca aconteceu: sem ninguém empurrar, os equilibristas de pele branca e preta voltaram pra dentro das bocas do roncador, que de repente acordou e foi embora, roncando e zumbindo com os equilibristas na barriga, como se nada tivesse acontecido. Como pode?

Enchi a vovó de perguntas:

– Vó, como um bicho pode ser comido e não morrer?
– Pra que duas bocas? Uma só não basta?
– O roncador só gosta de equilibristas com pele branca e preta?
– Os equilibristas vão virar húmus dessa vez ou vão ser vomitados de novo?
– Como o roncador pode sair andando sem a parte de dentro do corpo?
– Por que ele ronca tão alto?
– Roncador também come minhoca?
– Ele vai voltar pra comer a gente?
– Vamos morar em outro lugar, longe dos equilibristas e dos roncadores? Por favor...

Vovó parecia se divertir com as minhas perguntas.

– É, Haroldo, você tem muito o que aprender. Aquilo não é um bicho. É mais uma das coisas do bicho-equilibrista.
– Uma coisa? Mas ela anda, engole, vomita, ronca...
– Não sei como faz tudo isso, só sei que o... como você o chamou?
– Roncador?
– Os "roncadores" servem para os equilibristas andarem mais rápido e carregarem mais coisas do que eles conseguiriam com as suas próprias patas.
– Então por que a Natureza não fez os equilibristas com asas e muitas patas?
– O bicho-equilibrista não presta muita atenção na Natureza.
– Acho que a Dona Queleidiane também não presta muita atenção na Natureza quando anda de Beto.
– O Beto é parte da Natureza.
– E as baratas, vó? Elas não são as donas da Grande Toca?
– Ah, Haroldo! O dia do Barata Voa está chegando.
– Barata Voa? O que é isso?
– O dia em que os bichos-equilibristas tentam expulsar as baratas da Grande Toca.

– É perigoso? É pra ter medo?

– Medo não ajuda. Agora, chega de perguntas.

Vovó disse que o Barata Voa aconteceria em breve, mas não imaginei que fosse já no dia seguinte.

Logo cedo apareceu um outro roncador, menor que o de antes, menos barulhento, mas não menos assustador. Ele vomitou dois bichos-equilibristas de pele azul. Os equilibristas que moravam na Grande Toca, usando peles diferentes das do dia anterior, ficaram do lado de fora enquanto os peles-azuis entraram na Toca carregando umas coisas enormes nas costas.

Vovó, que estava assistindo a tudo ao meu lado, avisou:

– Prepare-se, Haroldo. O Barata Voa já vai começar.

Foi só a vovó falar e uma multidão de baratas saiu correndo das aberturas da Grande Toca. Umas barateavam em zigue-zague, algumas rodavam em círculos, outras desmaiavam de barriga pra cima.

– Socorro! Socorro! – gritavam desesperadas. – A casa caiu! A casa caiu!

A gente não cruzava muito com as baratas. Elas raramente saíam da Grande Toca. Vovó dizia que barata não se considera bicho de jardim; que elas gostam de viver nas enormes tocas que os bichos-equilibristas construíam, de preferência junto com eles. Vovó contou que onde tinha muito bicho-equilibrista tinha barata.

– Se eles tão sempre juntos, para que essa brigaiada toda?

– Há coisas que ninguém entende. Parece que os equilibristas têm medo das baratas, fazem de tudo para acabar com elas. E elas, por sua vez, também têm medo, mas gostam de viver com eles, comer a comida deles...

– Os equilibristas também têm medo de besouros? Alguns são até que bem parecidos com baratas.

– A relação dos bichos-equilibristas com as baratas é diferente.

– Diferente como?

– Não sei, Haroldo. Cada bicho com a sua esquisitice. Melhor cobrir a entrada do nosso buraco antes que uma barata maluca apareça por aqui e os equilibristas resolvam jogar uma das suas misturas venenosas nas nossas cabeças.

– Misturas venenosas?

Comecei a sentir saudade dos tempos em que a minha principal preocupação eram os emplumados. Estava ajudando a vovó a movimentar terra quando ouvimos uma barata de voz grossa gritar:

– Companheiras! Nada de pânico. Vejam! Tem um ralo logo aqui. Fiquem calmas e sigam-me!

Dei uma espiada e vi que as baratas estavam se enfiando num buraco brilhante do chão. A barata de voz grossa ficou na entrada, pondo ordem no grupo:

– Acalmem-se! Acalmem-se! Uma de cada vez. Lembrem-se: acharemos o caminho de volta para a Grande Toca... e para a dominação mundial! O que não nos extermina nos anima! O que não nos extermina nos...

– Anima! – gritaram todas ao mesmo tempo.

Olhei pra vovó.

– Que história é essa?

– Coisa de barata, meu filho. Elas são assim. Estão sempre planejando dominar o mundo.

Nessa hora, o Cabeça de Ovo deu um chiado e começou a pular. Era o mesmo chiado fino e comprido que eu tinha escutado antes. Ainda pulando, o Cabeça pegou um galho com pelos na ponta e começou a bater no chão. Enquanto batia, gritava sem parar, numa língua que eu não entendia.

– O que o Cabeça de Ovo tá fazendo, vó?

– Usam aquilo para matar as baratas e, às vezes, os bichos do Jardim.

– Eles comem a gente depois?

– Se comem, eu nunca vi. Mas seja como for, o importante é os equilibristas não notarem que você existe. Entendeu, Haroldo?

Mas, se eles não comiam os bichos que matavam, o que faziam?

Naquela noite sonhei que um enorme galho com pelos batia sem parar em todo o Jardim. Quando veio pra cima de mim, corri pro buraco onde as baratas se enfiaram, mas não consegui entrar porque já estava lotado. Até a minha avó estava lá, junto com o Beto, que roncava baixinho e engolia o Quelei e a mãe dele. Olhei pra cima e vi o galho descendo na minha direção. Desesperado, notei uma pele de gafanhoto abandonada ao meu lado. Me enfiei lá dentro e, bem quando ia virar pasta de minhoca, dei um pulo pra longe...

Diálogo III

– Apareceu uma baratona na cozinha. O papai deu o maior berro.
– Pior que o berro que ele deu no dia em que a gente chegou?
– Gracinha... Você sabe muito bem que eu tenho catsaridafobia.
– Ainda bem que a mamãe não tem ca... ca... Como você chama o seu medo mesmo, pai?

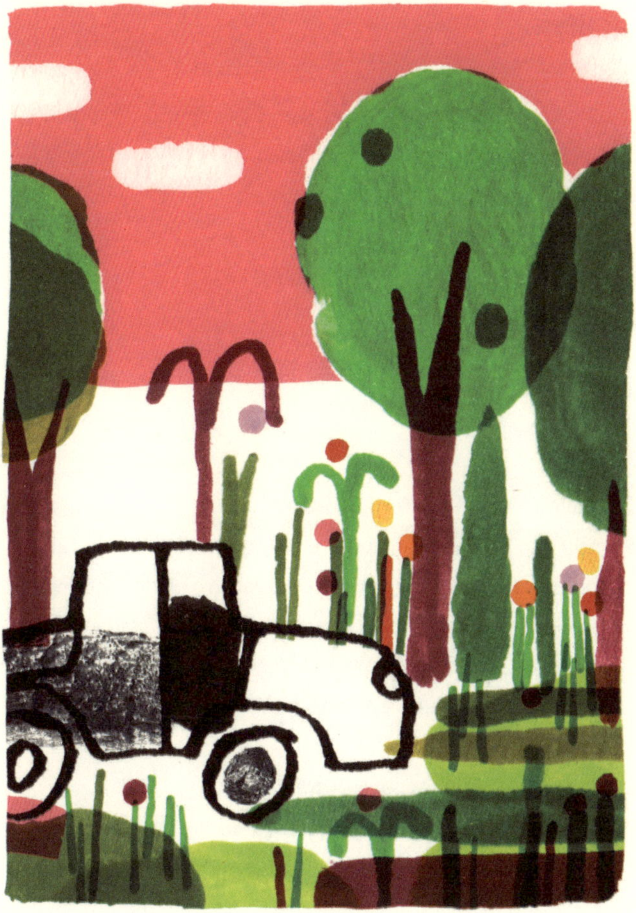

Sem limites

– É, Haroldo, você é um fungo mesmo.

Vovó não me deixava em paz. E daí que eu era um fungo, uma minhoca de mentira, um medroso? Estava vivo. E estava vivo porque resolvi nunca mais sair do cafofo. Só me aventurava pra fora acompanhado da vovó, e mesmo assim quando não tinha outro jeito. Toda vez que ela me chamava pra sair eu inventava uma dor, um enjoo, uma tristeza...

Quando o Quelei apareceu, reclamou:

– Pourque voucê nuncau mauis foui nau Váurzeau? – perguntou, cuspindo terra.

– Ah, Cara... Brincar aqui dentro é bem mais legal! – disse, fingindo entusiasmo.

– Eu gostou de chutaur um baurrou, naum de coumer um baurrou!

Quase que o Quelei não consegue sair do cafofo. O Cara não foi feito pra ficar debaixo da terra, sabe? E eu estava começando a acreditar que eu não tinha sido feito para ficar fora dela.

No dia seguinte, vovó perdeu a paciência:

– Esse seu medo já passou dos limites! Você é uma minhoca ou um verme?

– Uma minhoca.

– Pois então pare de ficar enfiado aqui, todo encolhido, e vá explorar o Jardim.

– Mas... e se aparecer um emplumado morrendo de fome? Ou um equilibrista com uma mistura venenosa ou um galho peludo? Ou algum outro bicho horrível, que eu ainda nem sei que existe?

– Já para fora, Haroldo! É hora de encarar os seus medos.

Meus medos estavam lá dentro do cafofo, bem juntinhos de mim. Eu não precisava sair pra encará-los. Mas com a vovó não tinha conversa.

– Tá bom – respondi, mal-humorado.

– Tá bom, o quê? Ande, Haroldo, pare de fazer corpo mole. Estique-se! Só quero ver você de volta na hora do jantar.

Botei a cabeça pra fora e olhei ao redor. O Jardim parecia maior e mais perigoso que antes. Me convenci de que, se ficasse longe das áreas abertas, tinha alguma chance de voltar vivo pro cafofo.

– Desbloqueie, Haroldo! – vovó gritou lá de baixo.

– Tô indo, tô indo! – reclamei, me esticando pra fora.

Mas o medo pesava e eu congelei. E agora? Se a vovó saísse e me encontrasse daquele jeito, paradão, eu ia ouvir um monte. Respirei fundo e avistei uma pedra na direção do abacateiro, e depois outra, um pouco adiante. Talvez tivesse outra mais pra frente, mas de onde eu estava não dava pra ver. Negociei com o meu medo: "Vamos de pedra em pedra, eu e você, bem escondidos. Vai dar tudo certo", disse em voz alta. Fiquei repetindo a mesma coisa até o medo se convencer e deixar o meu corpo molenga o suficiente para juntar e esticar até a pedra mais próxima.

Com o coração batendo que nem pingo de chuva em folha, cheguei na primeira pedra. Estava tentando acalmar o medo que começava a pesar de novo, quando elas apareceram.

Até hoje não sei quantas eram. Talvez todas estivessem lá. Quando começava a contar elas mudavam de lugar e eu perdia a conta.

– Te peguei, Luly!

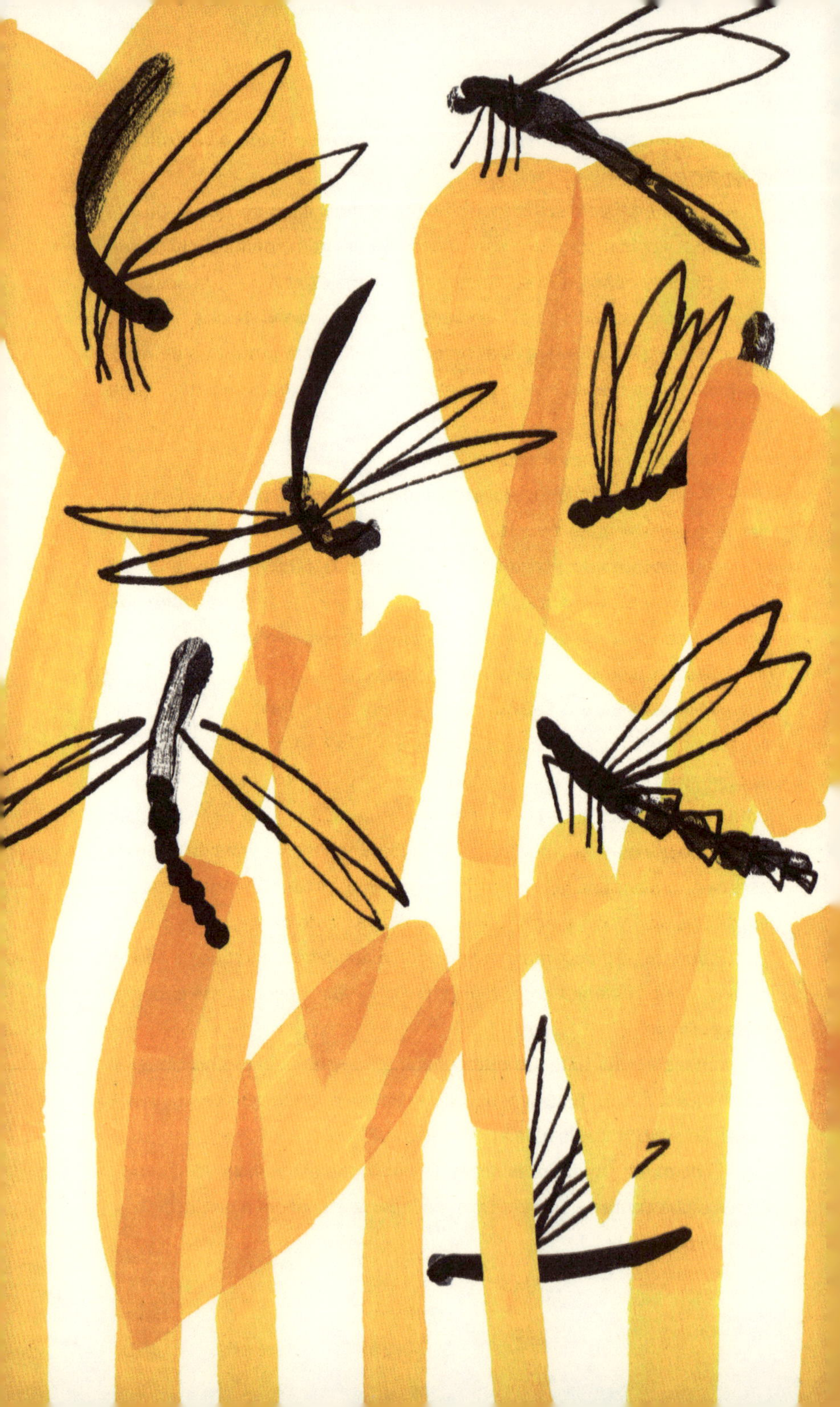

– Não pegou não, Lucy. Com a asa não vale! – disse a libélula que parecia ser a menorzinha de todas.

– Pronto, agora peguei!

– Mas você me distraiu, não valeu!

– Claro que valeu!

– Eu não vou mais brincar – avisou Luly, emburrada.

– Isso é que dá brincar com uma larva! Larvinha! Larvinha!

Luly começou a chorar.

– Deixa de ser implicante, Lucy! Vem Luly, vamos brincar de outra coisa – disse uma terceira libélula.

– Roda! Roda! – sugeriu Luly, já esquecida do choro.

– O Lago tá seco hoje – avisou a terceira libélula, olhando pra um canto do Jardim que tinha um negócio de onde o Quelei jurou que saía chuva. – Que tal esconde-esconde?

– Legal, Liby! Eu conto! – respondeu uma outra.

– Tá bom, Lily!

– Preparem-se! Um, dois, três...

As libélulas saíram voando, cada uma pra um lado. Fiquei com a maior vontade de brincar também.

– ...cinco, seis, sete...

A libélula que chamaram de Liby se aproximou da pedra onde eu estava.

– Ih! Desculpa, minhoquinha! Não vi que já tinha alguém aqui.

Antes que ela voasse novamente, perguntei:

– Posso brincar com vocês? Não consigo voar, não consigo me esconder nos lugares altos, não sou tão ligeiro, não...

– Claro que pode! – Liby respondeu, antes que eu pudesse completar a lista das coisas que eu não conseguia fazer. – Vai ser legal ter uma minhoca na brincadeira!

– ...doze, treze, catorze...

– Ih! Melhor voar – Liby lembrou, mas antes de bater asas disse: – Esqueci de perguntar o seu nome.

– Haroldo – respondi, ao mesmo tempo que um grupo de emplumados barulhentos deixava o abacateiro em direção ao Muro.

– Dô? – perguntou ela. – Dodô? É isso? Não deu pra ouvir direito. Essas maritacas são muito inconvenientes.

"Dodô". Gostei! Era um nome que combinava comigo. Acho que sempre fui um Dodô; só não sabia... Nunca me senti muito Haroldo; era um nome emprestado que só fazia com que minha avó me comparasse com uma minhoca perfeita que eu nem conheci.

– Meu nome é Haroldo, mas pode me chamar de Dodô!

– ...vinte, vinte e um, vinte e dois...

– Estou contente em te conhecer, Dodô. Eu sou a Liby. Até daqui a pouco!

Fiquei olhando a Liby se afastar, contente também. Ia ser divertido brincar com as libélulas. Será que as outras eram tão legais quanto ela?

Notei que dentro do Dodô o medo não pesava tanto. Senti um grande alívio e tive certeza de que eu e a libélula que acabava de entrar na Grande Toca seríamos gran...

– Liby! – gritei. Mas ela já estava longe demais pra ouvir.

– ...vinte e oito, vinte e nove, trinta. Lá vou eu! – avisou Lily, que voou na direção do Lago.

Fiquei olhando a Grande Toca, esperando a Liby voar pra fora, mas nada aconteceu. O medo voltou mais forte. Comecei a imaginar coisas horríveis: Será que os equilibristas prenderam ela? Será que eles comiam libélulas?

E agora? Olhei ao redor, procurando as companheiras da Liby, mas não encontrei ninguém. Pelo jeito, só eu sabia que ela estava em perigo. Precisava fazer alguma coisa.

Examinei a Grande Toca, tentando achar um jeito de entrar. Havia muitas aberturas, mas só uma começava do chão, e ela estava fechada com uma tampa que parecia uma fatia de árvore. Talvez se eu me espremesse por debaixo dela conseguisse entrar. Mas só chegando perto pra ter certeza.

O medo encheu os meus olhos de água, mas decidi que chorar não ia ajudar. Então respirei fundo e me estiquei pra longe da pedra. De onde eu estava até a entrada da Toca era só chão, sem pedras, plantas ou moitas. O caminho era cinza como a Planície e imaginei que fosse duro também. Não tinha onde me esconder. Se um emplumado aparecesse, só poderia me fingir de morto, o que não funcionava sem a vovó por perto.

Lembrei de uma musiquinha que a mãe do Joca ensinou. Era meio boba, mas quando a gente cantava, tinha a sensação de que nada de mau poderia acontecer. Coisas ruins só acontecem ao som de trovoadas, pios e roncos. Me agarrando a essa ideia, comecei a juntar e esticar... e a cantar pelo caminho que levava à Grande Toca dos bichos-equilibristas:

Somos todas bem molinhas,
cavoucamos sem patinhas.
Somos tão engraçadinhas!
Boa tarde! Boa noite!
Junta-estica-junta-estica-junta-esticaaaaa!
As minhoquinhas!

Estava cantando pela terceira vez quando ouvi um zumbido zombando de mim:

– Mazzz que muzzziquinha maizzz chatinha!

Levei o maior susto. Notei que uma abelha gorducha voava ao meu lado.

– Não fui eu que inventei – disse, sem graça.

Ela pousou na minha frente.

– Mazzz palavra zzzó vira múzzzica zzze alguém canta.

– E zzze alguém ezzzcuta.

– Ei! Vozzzê ezzztá me imitando. Izzzo não é legal!

– Foi mal, mas você tá implicando com a minha música. Isso também não é legal – disse, sem muita certeza.

A abelha me olhou desconfiada. Depois sorriu.
— Zzzê tem jeito de zzzer uma minhoca bacana! Eu zzzou a Belhuda. Bê. E vozzzê?
— Dodô.
— E... Dodô, ezzztou zzzupercuriozzza. Zzzê bate bem da cabezzza? Perzzzebeu que ezzztá indo na direzzzão da Grande Toca?
— A minha amiga Liby voou lá pra dentro e até agora não saiu...
— Liby, a libélula?
— Você conhece a Liby?
— Irmã da Luzzzy, da Lily, da Loly, da Lazzzy, da Livy, da Luly, da Lupy, da Lyzzza e da Lyla?
— Sei lá. Deve ser.
— Zzzuperconhezzzo! Zzzomozzz zzzuperamigazzz! Bora, Dodô! Vou com vozzzê!

Belhuda voou zumbindo na direção de uma das aberturas, mas trombou em alguma coisa e caiu pra trás. Que estranho! No que ela teria batido? Não tinha nada lá.

Juntei e estiquei até ela o mais rápido que pude.
— Bê, cê tá legal? — perguntei, sem fôlego.
— Zzzuuuuper — disse, com a voz arrastada. — Olha zzzó...

E levantou uma das asas, que caiu em seguida.
— Zzzó um pouco tonta.
— Deixa que eu te ajudo.

Mas eu não sabia como ajudar.
— Prezzzizzzo de um tempo. Vai indo, Dodô. Azzzim que der, vou atrázzz.
— Mas...
— Zzzei me cuidar. Vai!

Olhei pra Grande Toca e... fui.

Somos todas bem molinhas,
cavoucamos sem patinhas...

– Zzzem cantar! Zzzenão fico maizzz zzzonzzza – zumbiu Belhuda, ainda no chão.

Nunca conheci uma abelha tão mandona. Pensando bem, nunca conheci nenhuma abelha. Mas gostei da Bê. "Zzzupergostei!" – pensei, rindo, e continuei cantando, na minha cabeça: "Zzzomozzz todazzz bem molinhazzz..."

Cheguei na abertura e me espremi por debaixo da fatia de árvore. Quando voltei a juntar, me dei conta do que tinha acabado de fazer. Eu, Dodô, neto de Dona Ana Elídea, bisneto do Senhor Haroldo, estava dentro da Grande Toca das Baratas, onde moravam os equilibristas, que matavam os outros bichos com galhos peludos e misturas venenosas! Queria ver se a vovó ia me chamar de fungo ou verme quando eu contasse tudo pra ela. E aí lembrei que, pra contar qualquer coisa, precisaria sair vivo dali. "Minhoca miolo mole!" – imaginei a vovó falando. É, eu devia ser uma minhoca miolo mole mesmo. Que outro tipo de minhoca entraria na Grande Toca?

Eu me chacoalhei de ponta a ponta pra espantar aqueles pensamentos. Liby! Tinha que achar a Liby! Olhei em volta... Uau! Aquele lugar era diferente de tudo o que eu já tinha visto ou imaginado. A única coisa que lembrava o Jardim era uma rosa tristonha dentro de um negócio azul que parecia um pingo de chuva gigante. Tentei cavoucar o chão, mas não consegui. Era duro como a Planície, porém marrom e muito liso. Será que também era feito de árvore? Em algumas partes, havia canteiros. Juntei e estiquei até o mais próximo. Era colorido e macio, e fazia cosquinhas na minha barriga. Comecei a cavoucar.

Estava quase desistindo quando ouvi uma voz grossa atrás de mim:

– Cara minhoca, trata-se de um tapete. Ficará com uma cefaleia se insistir.

Eu me virei e vi uma barata enorme. Gorda e cascuda.

– Uma o quê? – perguntei. – E eu não sou metade caracol, sou inteiro minhoca – expliquei, tentando esconder o nervosismo.

– Afff! – suspirou a baratona, irritada. – Uma hemialgia, hemicrania, cefalalgia.

Continuei sem entender nada, mas já tinha ouvido aquela voz antes. Onde?

– Uma dor de cabeça, cara minhoca – disse ela, com outro suspiro. – Mas, o que a traz aqui? Sua presença em nossa residência é altamente irregular!

Lembrei! Era a voz da barata cascuda que tinha ajudado as companheiras a fugir pelo buraco. Mas, por que será que ela achava que eu era metade caracol?

– Vi você organizando as baratas no dia do Barata Voa. Como era mesmo? "O que não nos extermina, nos anima!" – repeti. – Mas, não entendi direito o que isso quer dizer.

– Uma frase barata. Não diz absolutamente nada – explicou, me confundindo ainda mais. – E a barata à qual o senhor se refere era o Irineu, meu irmão gêmeo. Somos parecidos, admito, mas não na nossa forma de pensar o mundo. Meu irmão quer uma revolução: dominar os humanos, mudar a ordem mundial! – disse, e começou a rir.

Riu tanto que acabou de barriga pra cima. Ajudei a barata a se endireitar.

Ela continuou:

– Quimeras! A meu ver, não há nada mais importante do que desfrutar de uma bela refeição. Devemos usufruir, nos beneficiar dos humanos e não os exterminar.

– Humanos?

– Acredito que vocês, criaturas do Jardim, os chamem de bichos-equilibristas. Um nome bastante apropriado, considerando o tamanho dos seus pés em relação às pernas e ao restante do corpo. Mas eles chamam a si próprios de "humanos". Não acho que...

– Você não tem medo dos galhos peludos e das misturas venenosas? – interrompi.

– Galho peludo? Do que você está falando? – perguntou com uma careta que me fez sentir um miolo mole. – Seria algum animal? Mas os... ah! Ah! – gritou. Tão forte que levei um susto. – Você deve estar se referindo a uma vassoura. Baratas modernas não têm medo de vassouras. Quanto aos venenos, estamos imunizados contra a maioria deles – explicou, sorrindo. – De qualquer forma, os humanos não se encontram. Aproveito sua ausência temporária para planejar o repasto desta noite e o desjejum de amanhã. E... – interrompeu, cheirando o ar. – Ó, sim! Ó, sim! – gritou emocionada, as antenas tremendo. – Sinto o aroma de presunto defumado e mousse de chocolate! Devem ter esquecido fora da geladeira. Que maravilha! Que maravilha!

Não senti cheiro de nada. Nem sabia o que eram aquelas coisas.

Com o humor melhorado graças aos cheiros que só ela sentia, a barata perguntou:

– E você? O que o traz aqui?

Expliquei o que tinha acontecido.

– Sim, sim, naturalmente. Acredito que a libélula tenha penetrado pela fresta de uma janela e, ao tentar sair, chocou-se contra o vidro. Isso deve ter acontecido também com a abelha.

– Vidro?

A barata revirou os olhos, suspirando.

– Observe essas janelas... hum... essas coisas retangulares que nos permitem observar o lado de fora.

Olhei. A Grande Toca era toda furada. Através das aberturas eu conseguia ver pedaços das árvores e do céu.

A barata continuou:

– As janelas têm vidro. E o vidro é invisível, a não ser que esteja sujo de poeira, marcas de mãos ou fezes de mosca – disse.

E, percebendo minha cara de quem não entendeu, completou:

– Cocô, cara minhoca, co-cô. Observe!

A seguir a barata apontou a antena pra uma das aberturas. Vi uma mosca caminhando no ar. Quando ela voou, deixou um pontinho escuro que parecia flutuar.

– Olha só... – murmurei admirado.

– Ah, cara minhoca! Há mais coisas entre o teto e o sinteco de uma Toca do que os bichos do Jardim possam imaginar em sua vã filosofia.

Aquele jeito de falar da barata era muito confuso, mas tudo ali me confundia. Eu tinha tantas perguntas... mas que teriam que esperar. Precisava achar a Liby.

– Dona Cascuda, a senhora viu a minha amiga?

A barata apontou as antenas pra mim, furiosa.

– Me chamo Doutor Bartolomeu! – disse, emburrando.

– Foi mal, seu Bartolomeu. O senhor me ajuda a achar a minha amiga? Ela pode estar em perigo.

Bartolomeu limpou a garganta, fazendo muito barulho.

– Doutor.

Nunca pensei que fosse tão complicado falar com uma barata.

– Doutor Bartolomeu, o senhor poderia, por favor, me ajudar?

Ele voltou a revirar os olhos e saiu barateando pela Toca. Voltou em seguida.

– Sua amiga encontra-se na sala multimídia.

– Hã?

– Eu vou lhe mostrar... ah... senhor... Qual é mesmo o seu nome, cara minhoca?

– Haroldo, mas pode me chamar de Dodô. E eu não sou metade...

– Dodô! – interrompeu a barata, sorrindo pra mim pela primeira vez.

– Você me conhece? Mas eu acabei de...

Doutor Bartolomeu gargalhou:

– Era assim que chamávamos o Tio Dorival. Tio Dodô! Que saudades! Foi tio Dodô que me ensinou tudo sobre a culinária humana. Graças a ele, hoje sou reconhecido como uma barata *gourmet*! – disse, estufando as asas. – Quando os humanos se reuniam para uma refeição especial, tio Dorival – imagine! – dava rasantes sobre a mesa de jantar, causando o maior rebuliço. Essa era a estratégia do titio para degustar todos os pratos. Mas... – murmurou o Doutor, de um jeito que me fez lembrar o Quelei quando me falou do "creuk, creuk" – ...numa malfadada noite, titio trombou com o lustre de cristal que ficava sobre a mesa e caiu dentro de uma sopeira fumegante cheia de *vichyssoise*.

Não sabia o que dizer. Muito menos onde o tio do Doutor caiu. Mas pela cara da barata, ninguém saía vivo dali.

Depois de uma longa pausa, completou:

– Acredito que morreu feliz.

– Doutor Bartolomeu, sinto muito pelo seu tio, mas eu preciso ir até a Liby!

– Claro, claro, jovem Dodô – respondeu com simpatia. – Venha. Siga-me.

O Doutor foi na frente, mostrando o caminho. Ele barateava numa velocidade impressionante e tentava esconder a irritação quando precisava me esperar. Dentro da Toca, vi outras aberturas. Eram como tocas dentro da Toca. Todas estavam cheias de coisas que eu nunca tinha visto antes.

– Mas esse lugar é enorme! Deve ter um montão de humanos morando aqui!

– Temos três residentes no momento. Dois adultos e uma criança.

– Criança?

– Um filhote humano. São menores, mas ainda mais perigosos que os adultos! Muitos não temem a nossa espécie.

Fiquei imaginando se eram os mesmos filhotes que gostavam de fazer "creuk, creuk". Finalmente, chegamos a uma abertura que estava parcialmente tampada por uma fatia de árvore.

– Que sorte que deixaram a porta entreaberta! Outro dia arranhei minha asa esquerda quando passei por debaixo da porta para degustar uma pipoca caramelizada.

Estiquei pra dentro e vi a Liby no chão, murcha como uma pétala caída.

– Liby! – chamei, me aproximando. – Você tá bem? Tá me escutando?

Ela abriu os olhos devagarinho.

– Do... dô? Eu...

– Sou eu, Liby! Vim te ajudar. Você consegue voar?

– Eu... tô um pouco tonta.

– Vou acionar a equipe de limpeza para transportá-la, Senhorita Liby – anunciou o Doutor Bartolomeu.

– Equipe de limpeza? – perguntei.

– Formigas Residentes, elas carregam toda e qualquer criatura que morre aqui dentro, inclusive baratas. Como não vão ficar com os restos mortais da sua amiga, depois vocês combinam outra forma de pagamento. Se for açúcar, o serviço será de primeiríssima!

Não estava gostando nada daquela história. Minha amiga não era sujeira, nem estava morta. Além disso, o que eu daria pras formigas em troca do favor? Será que a vovó tinha um pouco desse tal de açúcar escondido no cafofo? Tomara que sim, já que eu não tinha força pra carregar a Liby sozinho. Estava começando a desanimar quando tive uma ideia:

– Posso pedir pra vovó fazer uma torta de casca de banana preta pras formigas!

– A negociação é entre vocês. Aguarde aqui que vou contatar a líder suprema da Equipe. Mas, vá por mim: açúcar é sempre a melhor moeda.

Foi só o Doutor Bartolomeu se virar que ouvimos ruídos e vozes falando numa língua estranha. Pelo jeito, os equilibristas tinham voltado.

– Venha, Dodô, vamos nos esconder embaixo do sofá – disse o Doutor Bartolomeu, barateando pra baixo de um negócio enorme, cor de terra. Parecia um tronco tombado, sem folhas.

– Mas... e a Liby?

– Quanto mais bichos no meio da sala, pior. Ainda mais uma minhoca e uma barata! Se nos encontrarem vai ser um escarcéu!

Entramos debaixo do sofá e ficamos quietos, imóveis. Não foi difícil pra mim, que já estava cheio daquele medo pesado e congelante. Os equilibristas continuavam a falar, mas parecia que estavam longe.

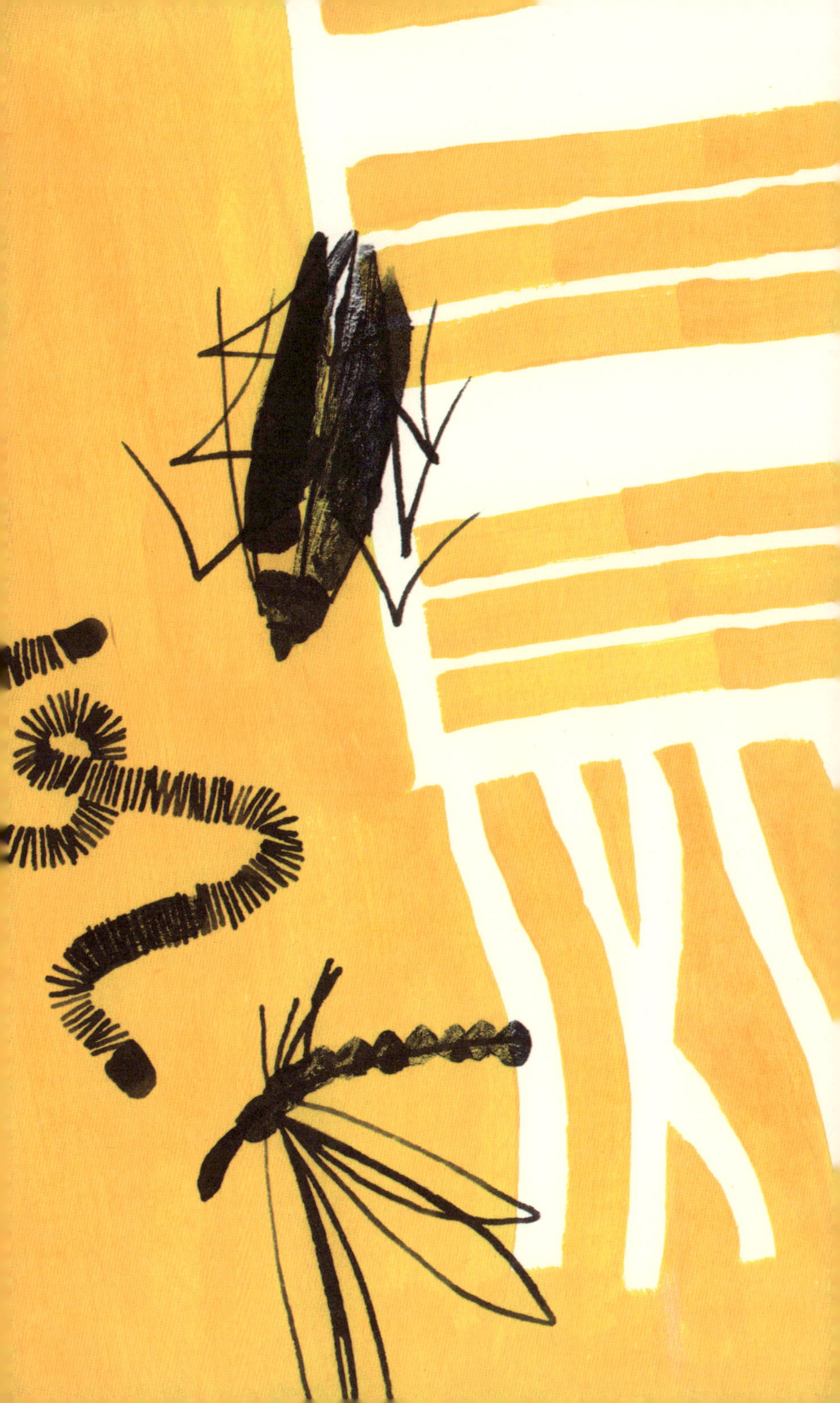

– Acho que podemos sair – sussurrou o Doutor Bartolomeu.

Foi ele dizer isso, e um equilibrista que eu nunca tinha visto antes apareceu. Entrou devagarinho, meio dobrado, olhando em volta. Tinha a pele lilás, o rosto cheio de dobrinhas e o pelo todo branco, como uma nuvem. De repente, parou e abaixou a cabeça. Devia ter visto a Liby! Comecei a tremer. O equilibrista então se dobrou ainda mais e pegou a minha amiga com as patas de cima. Em seguida, juntou as patas sobre ela.

– O equilibrista esmagou a Liby! – sussurei, em pânico.

– Lamento muito, jovem Dodô. Fizemos tudo o que estava ao nosso alcance.

Não respondi. O medo tinha roubado a minha voz.

Nessa hora, ouvi o farfalhar das asas da Liby vindo de dentro das patas do Pelo de Nuvem. Ela estava viva! O medo deu uma aliviada e eu me estiquei de alegria.

O Pelo de Nuvem aproximou as patas da cabeça. Parei de comemorar.

– Ele vai comer a Liby!

Apesar do terror, fiz um esforço pra ficar de olhos abertos. Era uma forma de apoiar a minha amiga no seu último momento. Foi uma amizade curtinha, mas muito especial.

Só que em vez de enfiar a Liby na boca, o Pelo de Nuvem ficou olhando pra ela por entre as patas. O que será que ele ia fazer agora? De repente, gritou alguma coisa.

– Está chamando a criança – explicou Doutor Bartolomeu, que era fluente na língua equilibrista.

O filhote, que eu já tinha visto de longe, logo apareceu. O Pelo de Nuvem esticou as patas pra ele e falou alguma coisa. O pequeno aproximou os olhos, fazendo uma careta. Pelo de Nuvem disse mais alguma coisa e esticou as pontas da bocona pra cima. Acho que estava se divertindo.

– A avó está dizendo para a criança não ter nojo – traduziu o Doutor Bartolomeu.

Nojo? Da Liby? Será que o Pelo de Nuvem ia dar a Liby pro filhote comer, como os emplumados faziam com as minhocas?

O que aconteceu em seguida me surpreendeu. O filhote foi até a abertura que dava pro Jardim e mexeu no ar. Devia estar abrindo o tal do vidro. Então, o Pelo de Nuvem esticou as patas de cima pra fora e eu vi um pontinho preto escapar.

Olhei pra barata, confuso.

– Sua amiga está salva.

– Mas...

Não sabia o que pensar.

– É, jovem Dodô, com os humanos nunca se sabe...

"Humanos". Nome estranho pra um bicho estranho. A vida era cheia de surpresas, e bem mais complicada do que eu imaginava. Ainda bem!

Esperamos a Toca ficar em silêncio e voltamos pelo mesmo caminho. Dessa vez o Doutor foi barateando devagar, se escondendo embaixo de cada coisa que a gente encontrava. Achei que ele estava exagerando um pouco; afinal, os equilibristas não eram tão perigosos assim. Quando chegamos na grande abertura, Doutor Bartolomeu reclamou:

– Fecharam a porta!

– Sou magrelo. Passo por baixo. Foi assim que eu entrei.

Nós nos despedimos. Falei pro Doutor aparecer no cafofo, pra provar a torta de casca de banana preta da minha avó. Também prometi que voltaria pra uma visita, e ele combinou que faria um jantar especial nesse dia. Agradeci por tudo o que tinha aprendido e ele me elogiou, dizendo que até que eu era esperto pra um bicho de jardim. Então, contei como mais cedo a vovó tinha me obrigado a sair do cafofo.

– Imagina! Eu tava com tanto medo dos bichos-equilibristas que botei na cabeça que nunca mais ia sair da terra – disse, soltando uma gargalhada.

Ainda estava rindo quando o Pelo de Nuvem apareceu. Olhamos pra ele. Ele olhou pra gente e soltou um chiado daqueles. Ainda pior que o do Cabeça de Ovo.

— Lá vamos nós... — resmungou Doutor Bartolomeu, aborrecido. — Adeus, Dodô. Fuja enquanto eu distraio a vovó.

Eu me enfiei embaixo da porta e fiquei espiando, apavorado. Os outros equilibristas logo apareceram. O Cabeça de Ovo soltou um dos seus chiados e o Pelo Comprido começou a jogar coisas na direção do Doutor, que se divertia enquanto barateava em ziguezague, desviando de tudo e de todos e entrava num buraquinho entre o chão e a parede da Toca.

O Doutor tinha razão. Com os bichos-equilibristas nunca se sabe...

Estiquei de volta pro Jardim e procurei a Belhuda, mas ela já não estava lá. Segui em direção à pedra de onde tinha saído e avistei a Liby e a Belhuda voando na minha direção.

— Dodô! — gritou Liby. — A gente tava bolando um plano pra te tirar da Toca.

— Penzzzamos que vozzzê não fozzze conzzzeguir zzzair de lá!

— Que bom ver vocês!

Elas pousaram ao meu lado.

— Dodô, nem sei o que dizer. Obrigada por ter ido atrás de mim. Você é uma minhoca muito corajosa!

— Eu... eu não fiz nada — respondi, sem graça.

Era verdade. Se o Pelo de Nuvem resolvesse comer a Liby, o que eu poderia fazer?

— Você tá bem? — perguntei.

— Só estou com um pouquinho de dor de cabeça. Estava tão empolgada com a brincadeira que não percebi que tinha entrado na Grande Toca. Depois não consegui sair. Alguma coisa me segurou lá dentro.

— Foi o vidro.

— Vidro?

— É uma coisa que não dá pra ver, mas que cobre as aberturas da Toca... as janelas.

— Ah! Deve ter zzzido izzzo que não me deixou entrar. Como vozzzê é zzzabido, Dodô!

Sorri. Acho que fiquei meio rosado.

– Vamos brincar com as minhas irmãs?

– Zzziiim! Tô dentro! – respondeu a Belhuda.

– Mas... vocês estão bem pra brincar?

– Zzzúper! – Estão todas no Lago das Libélulas esperando pra te conhecer. Eu e a Bê ficamos pra trás pra ter certeza de que você conseguiria escapar.

Olhei na direção do Lago. Pra chegar até lá, teria que juntar e esticar até a próxima pedra, e depois atravessar uma parte do jardim que eu não conhecia muito bem.

– Sei não, Liby... eu tenho medo – confessei, envergonhado.

Elas me olharam surpresas, depois desviaram o olhar pra Grande Toca e de volta pra mim.

Respirei fundo e disse:

– Acho que a minha coragem acabou.

– Você não disse que tem medo? – perguntou a Liby.

– Ahã.

– É daí que vem a coragem.

Diálogo IV

— Chamou, vó? Achou o carregador?
— Achei outra coisa. Vem ver.
— Eca! Que nojo!
— É uma libélula. Eu colecionava borboletas e libélulas quando era menina.
— Prefiro cartas de Pokémon.

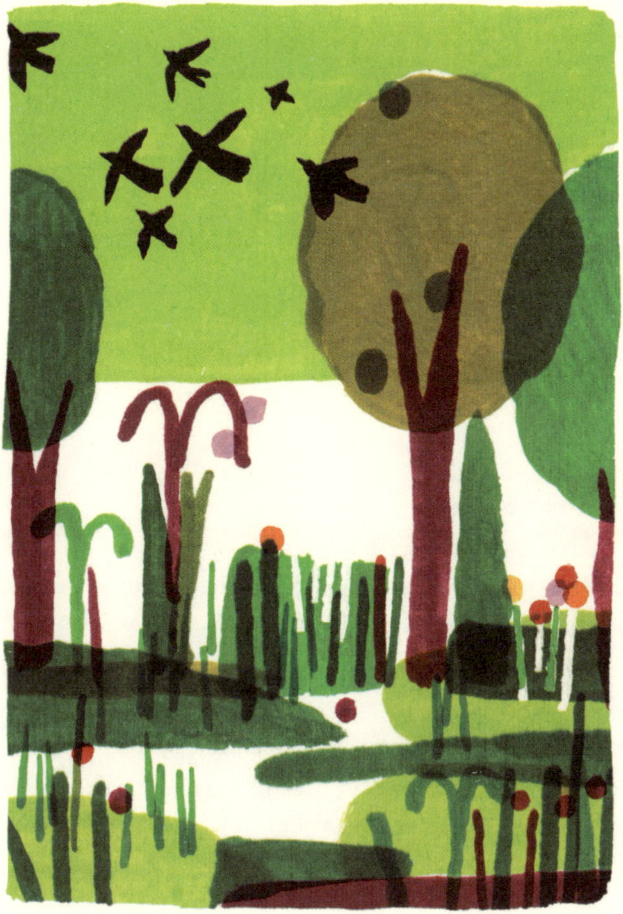

Lagarta-minhoca

Aquele dia tinha tudo pra dar errado.

Eu estava sozinho, escondido na sombra de uma folha, comendo uma gororoba e pensando na vida, quando, de repente, bateu um vento. A folha voou, rodopiou no ar e bateu na cabeça de um passarinho que estava pousado no galho mais baixo do abacateiro. Acho que a folha foi lá só pra avisar onde eu estava. Foi ela tocar no emplumado, que ele olhou pra baixo e arregalou os olhos, daquele jeito que bicho faz quando encontra um lanche. Larguei a gororoba e me enfiei na terra. Mal cavouquei e dei uma cabeçada num... o que era aquilo?

— Ei, cê tá me machucando! Tá achando que eu sou terra é?

— Vovó?

— Vovó? Essa é boa! Tô aqui curtindo uma paz, um silêncio e vem um bicho furar as minhas costas e me chamar de vovó.

Então me dei conta de que cavoucava de olhos fechados. Quando abri, vi uma lagarta.

— Você é uma lagarta!

— É o que dizem.

— Não entendi.

— Deixa pra lá, minhoca. A verdade é que não sei o que sou. Mas quem realmente sabe? Tem dias que acho que sou uma minhoca, uma árvore, uma nuvem e às vezes, confesso, tenho a leve sensação de ser uma lagarta. Já em outros dias, posso jurar que sou um grilo, mas todos os que me veem dizem: lagarta!

Aquele bicho era muito confuso.

— Mas você é uma lagarta.

— Tá vendo? É o que todo mundo diz.

— Mas... você é... você não é uma lagarta? Tem cabeça de lagarta, pata de lagarta...

— Eu sei, eu sei... é que hoje me sinto tão minhoca.

— Mesmo?

— Ahã.

Pensei um pouco e respondi:

— Entendi.

— O quê?

— O que você quer dizer.

— Será?

— Acho que sim. Tem dias em que me sinto leve e feliz como uma flor; outras vezes me sinto pesado e triste como uma pedra. Ainda tem vezes que quero voar como uma borboleta, ver tudo do alto; acho que tenho asas por dentro.

— Puxa, você entendeu mesmo. Legal! Qual é o seu nome, minhoca-borboleta?

— Dodô. Quer dizer... é Haroldo, mas gosto que me chamem de Dodô. E o seu, lagarta-minhoca?

— Antunes. Tunes.

Naquele mesmo dia o Tunes virou parte do grupo. Bom... mais ou menos. A Belhuda ficou meio desconfiada com aquela história de lagarta-minhoca e disse que o Tunes devia ser uma "lagarta zzzem nozzzão". Mas ela logo percebeu, assim como todos nós, que o Tunes, mesmo que acordasse dizendo que era uma lagarta-caracol e começasse a andar ainda mais devagar que o Quelei, continuava sendo... o Tunes. E a gente gostava dele. Na verdade, todo mundo se gostava, mesmo sendo tão diferentes. E não tô falando sobre um ter asa e o outro concha, não. Tô falando do recheio, sabe? Cada um tinha o seu jeito, o seu ritmo, a sua maluquice e acho que era por isso que dava certo.

A gente tinha mais ou menos a mesma idade, mas o Tunes parecia mais velho. Ele, sim, era sabido! Mas não do jeito da vovó ou do Doutor Bartolomeu. Tunes pensava diferente dos bichos da nossa idade. Eu gostava de chutar um barro com ele, falar de coisas que nunca tinha pensado antes.

– Dodô, você já reparou que ninguém liga quando vê uma mosca virando jantar de alguém? Agora... se fosse uma borboleta... ou uma abelha...

– Acho que é porque elas não são muito inteligentes. Coitadas, nem sabem falar... – respondi. Mas fiquei pensando se aquilo era um bom motivo.

– Será que os equilibristas acham que a gente não é inteligente?

Será? Aí me veio outra ideia. Chutar um barro com o Tunes sempre me deixava cheio de ideias.

– Será que as moscas falam e a gente não entende?

O Tunes não tinha as respostas, mas ele sempre tinha as perguntas, e com o tempo eu me dei conta de que aquilo era o mais importante.

Aquele jeitão de mais velho só ia embora quando o assunto era altura. Aí o meu amigo virava uma larva recém-nascida.

Um dia o Tunes começou a reclamar que a barriga estava roncando, que ia morrer de fome, que aquele era o fim da sua vida. O Tunes sempre foi meio exagerado, sabe? Só que ele estava fazendo aquele dramalhão todo bem ao lado da sua plantinha favorita. O problema é que a planta estava dentro de um negócio alto e o Tunes precisava escalar aquele negócio pra alcançar as folhas e encher a barriga. Mas quem disse que ele topava subir?

– Não vou, não vou e não vou! Prefiro passar fome.

– Nem é taum aultou aussim.

– Rapidinho você sobe.

– Zzze quizzzer, te acompanho.

– Já disse que não!

E pronto. Não adiantava insistir.

Tinha vezes que o Tunes acordava e anunciava que era uma lagarta-pingo-de-chuva. Nesses dias, se o Lago das Libélulas estivesse cheio, ele ia pra lá e ficava na beirada, tocando a água com a pontinha do corpo. Em outros, ele voltava a ser uma lagarta-minhoca. Quando isso acontecia, a gente se separava do resto da galera e passava o dia dentro do meu cafofo, tentando descrever os ruídos da terra. Foi com o Tunes que eu descobri que até o silêncio tinha um som.

Outras vezes ele dizia que era uma lagarta-besouro-de-maio. Era difícil acompanhar o Tunes nesses dias. Ele fazia uma lista de coisas que nunca tinha feito e saía, desesperado, pelo Jardim. Quando eu pedia pra ele ir devagar, dizia: "Não me atrapalhe, Dodô. Só tenho o dia de hoje para conhecer o mundo!".

O dia da lagarta-folha foi bem diferente. Estava ventando um pouco e o Tunes passou o dia se deixando levar. Quando o vento batia, ele fazia um passinho de dança e ia pro lado que o vento mandava. Ia pra lá, e pra cá, pra lá e mais pra lá, e mais pra lá... até que enganchou no caule de uma flor e ficou quieto.

– Sóu faultauvau essau!

– Zzzabe Tunes, eu tava zzzerta: vozzzê é uma lagarta zzzem nozzzão! Vai ficar aí, enrozzzcado nezzza flor?

– Você não vai aguentar ficar desse jeitinho por muito tempo – avisou a Liby. Mas ela estava errada: ele passou o dia lá.

Então, a gente deixou o maluco enganchado na flor e foi fazer um piquenique debaixo do abacateiro, onde não ventava tanto.

O Tunes só não era uma lagarta-borboleta. Nunca. E todo mundo sabia que tinha uma borboleta dormindo dentro dele, só esperando a hora de esticar as asas e voar.

A Belhuda e a Liby tentavam preparar o Tunes pro dia em que ele emborboletasse. Contavam como era boa a sensação de voar, mas ele não estava nem aí. Quando elas começavam com esse papo, ele dizia:

– Ver muita coisa ao mesmo tempo faz a gente se esquecer da gente mesmo. Já o silêncio, o abraço da terra, leva a gente lá pra dentro, onde a verdade está.

– Que verdade é essa, Tunes? – perguntei.

– Também não sei, mas ainda vou descobrir.

É... o Tunes deixava o nosso mundo bem mais interessante. Pra ele, a vida era um jogo de adivinha. Se a gente encontrasse as respostas, tudo se transformaria. Como lagarta em borboleta.

Vovó não tinha muita paciência com o Tunes. Dizia que ele enchia a minha cabeça de caraminholas. Nunca entendi direito o que ela queria dizer com isso. Imaginava que caraminholas fossem minhoquinhas agitadas, bem pequenininhas, todas fazendo perguntas ao mesmo tempo. Se fosse isso, a vovó estava certa: a minha cabeça era cheia de caraminholas e isso não era ruim.

Um dia o Tunes apareceu dizendo que era uma lagarta-flor. Que sentia vontade de ficar parado no mesmo lugar, só olhando o tempo passar. Então ele se meteu no meio de umas margaridas e passou o dia lá. A Belhuda fez questão de pousar na cabeça dele, zumbindo feito doida e fingindo que estava sugando néctar, mas o Tunes nem se mexeu. No final da tarde, o Pelo Comprido apareceu e cortou as margaridas. Nosso amigo ficou bem chateado.

– Você devia ficar feliz que ela não te viu. Podia te amassar com uma vassoura.

– Nunca mais quero ser uma lagarta-flor. Um equilibrista aparece e elas ficam lá paradas, grudadas no chão como umas bobas!

– Planta tem raiz, fazer o quê?

– Pensando bem, acho que todos nós temos.

Olhei pra minha ponta. Não vi uma raizinha sequer. Quando voltei pro cafofo, contei pra vovó tudo o que tinha acontecido. Também perguntei o que ela achava do que o Tunes tinha dito. Minhocas tinham raízes?

– Acho que a sua amiga Belhuda sugou os miolos do Antunes.

Vovó não quis ser engraçada, mas eu caí na risada mesmo assim. Quando contei pros meus amigos, eles também riram. Até o Tunes.

É... com aquela lagarta maluca, cada dia era uma surpresa, uma novidade, uma caraminhola nova. Era divertido.

Até o dia em que o Tunes se engasgou e gamou num sapo-cururu. Ou foi ao contrário: ele gamou e por isso se engasgou? Não tenho certeza, mas o engasgo aconteceu logo depois da história das margaridas.

A gente estava na Várzea dos Caracóis, fazendo dobraduras. O Tunes cismou que queria fazer uma coleção de bichos. Eu fiz uma borboleta; a Belhuda, um besouro e a Liby, uma joaninha. O Quelei, que era o mestre das dobraduras, fez uma formiga gigante e o Tunes estava dando umas mordidinhas na cabeça pra desenhar a boca quando de repente se engasgou. Se engasgou feio! Mudou de cor, se contorceu, fez barulho de folha seca.

Belhuda e Liby começaram a bater as asas pra abanar o Tunes enquanto eu e o Quelei subíamos nas costas dele para ver se ele desengasgava. Depois de muito esforço, Tunes cuspiu um pedaço de folha embolado.

— Voucê tau bem? Naum deviau ter maundaudou voucê fauzer au boucau dau fourmigau... — disse o Quelei, arrependido.

Tunes arregalou os olhos e pareceu que ia se engasgar de novo. Aí cuspiu. Só que dessa vez foi uma palavra:

— Sapo!

Seguimos o seu olhar e vimos um bicho enorme.

— Saupou! Saupou!

— Zzzéus!

— Ih! Vamos embora antes que ele solte a língua!

Pelo jeito todo mundo sabia o que era aquele bicho esquisito, com os olhos esbugalhados, bolinhas na pele e cara de tristeza. Só eu nunca tinha visto um sapo na vida. A gente estava tentando fazer o Quelei andar mais rápido quando o sapo abriu a bocona.

— Fujaum! Vouem! — gritou o Quelei, se enfiando dentro da concha.

Mas em vez de soltar a língua, o sapo falou, com uma voz fininha, fininha:

— Não se preocupem, queridos. Sou uma sapo-lagarta. Só como folhas.

Eu olhei bem pro bicho e não vi nada nele que lembrasse uma lagarta.

— Zzzó vi um zzzapo uma vezzz. Era igualzzzinho a ezzze, mazzz minha mãe dizzze que era um zzzapo-cururu e não um zzzapo-lagarta.

— E a sua mãe sabe das coisas! — respondeu Liby.

Pensei em dizer alguma coisa sobre o que a minha avó sabia, mas ela nunca falou nada sobre sapos.

— Talvez não seja uma questão de ser, mas de sentir — falou o Tunes, de repente.

O sapo ouviu o que o meu amigo disse e respondeu:

— Croac! Você me entende! É isso mesmo!

— Um sapo-lagarta! — o Tunes gritou, entusiasmado. — Sim, eu te entendo. Também acho impossível ser uma coisa só nessa vida. Hoje estou num daqueles dias de lagarta-formiga. Quero andar em grupo, fazer o que mandam, levar lembranças pra casa...

— Que emocionante! — disse o sapo.

Então era isso. Quem diria que tinha outro bicho no mundo com as mesmas manias do Tunes? E aí, conversa vai, conversa vem, o sapo e a lagarta descobriram que tinham muito em comum e o sapo convidou o Tunes pra chutar um barro com ele. E o Tunes foi!

A gente ficou olhando de longe, sem saber o que fazer. Descobri que a Liby tinha horror a sapos desde que a sua tia tinha sido fisgada por um.

— Foi horrível! A família estava todinha reunida: eu, mamãe, minhas irmãs, minhas primas, e até uma borboleta vizinha. Titia estava contando a história da mariposa-bruxa que prendeu duas jovens joaninhas numa toca feita todinha de pólen e mel. As joaninhas eram irmãs, e tinham sido abandonadas num jardim desconhecido por um escaravelho malvado. Estavam com fome e quando viram a toca da

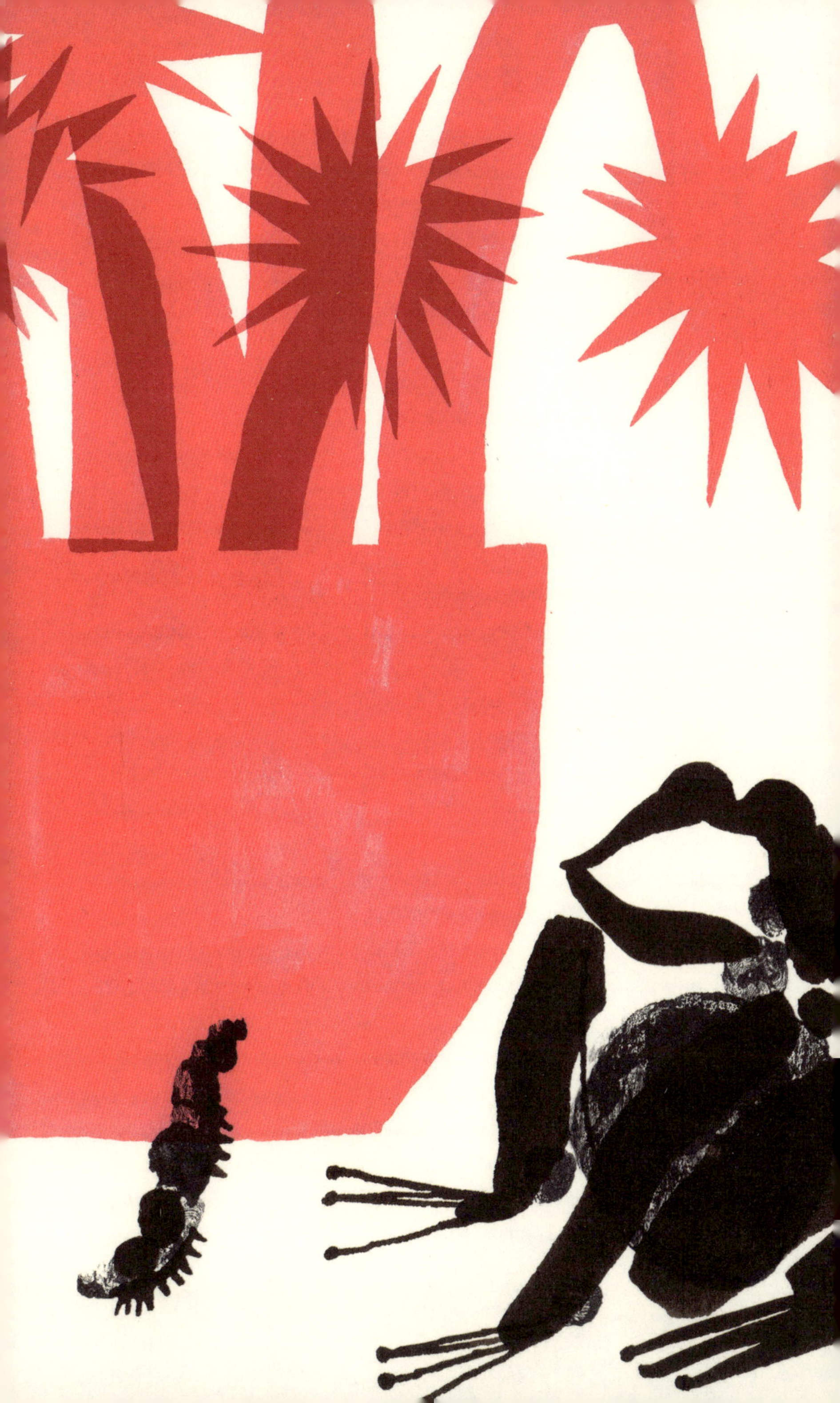

mariposa-bruxa começaram a comer. A mariposa-bruxa se fingiu de boazinha e convidou as joaninhas pra jantar, mas as joaninhas não sabiam que elas seriam a janta, e bem na hora que descobriram... zapt!

– O quê? O que aconteceu, Liby? Conta! – implorei. Histórias de mariposas-bruxas eram as minhas favoritas.

– Veio uma língua enorme e... levou a titia!

– E as joaninhas?

– Ora Dodô, quem se importa com as joaninhas? É faz-de-conta. Já a titia virou comida de sapo de verdade!

– Foi mal, Liby... – murmurei, envergonhado, embora continuasse curioso pra saber o final da história.

– Olha zzzó! Zzze fozzze pra lanchar o Tunezzz, aquele zzzapo já teria feito.

– Ou Tunes é maulucou mesmou!

A gente estava se preparando pra deixar a Várzea, quando ele chamou:

– Galera, venham conhecer a Rinella!

Então o sapo tinha nome: Rinella.

– Eu vou pra casa – resmungou a Liby. – Não confio em sapos. Nem um pouquinho.

– Vou com vozzzê.

E as duas voaram, deixando Quelei e eu pra trás.

– Vem, Dodô! Vem, Quelei! – insistiu o Tunes.

O Cara me olhou assustado. Ficamos assim por um tempo, um olhando pra cara do outro. Finalmente fomos. O que mais a gente podia fazer?

O Tunes estava todo entusiasmado. Disse que finalmente tinha encontrado alguém que entendia a sua forma de ser. Um exagero, na minha opinião, já que a gente também entendia... às vezes.

Os dois continuaram a conversa, animados, enquanto o Quelei e eu ficamos lá, parados, como bobos, olhando ora pro Tunes, ora pra Rinella. Aí a gente se cansou e foi embora. Acho que eles nem notaram.

No dia seguinte, a turma ficou de se encontrar na entrada do meu cafofo pra chutar um barro. Liby e Belhuda foram as primeiras a chegar.

– Oi, Dodô! – disseram, ao mesmo tempo.
– Oi, pessoal!
– Cadê o Tunezzz? Ele é zzzempre o primeiro a chegar.
– Deve tá chegando aí, a não ser que esteja numa daquelas fases de lagarta-lesma. Aí é capaz de chegar depois do Quelei!
– Eu tô aqui! – gritou o Tunes, chegando todo esbaforido. – Ufa! É difícil acompanhar a Rinella!
– Rinella?
– Croac!

Olhamos pra cima e vimos o sapo-cururu descendo na nossa direção... e aterrissando bem ao lado do Tunes.

– Vozzzê podia ter ezzzmagado a gente!

Aquela barulheira toda chamou a atenção da vovó, que pôs a cabeça pra fora. Quando viu o sapo, ficou branca.

– Haroldo, já para dentro! – gritou. E, olhando pra Liby e pra Belhuda, ordenou: – Voem! Voem!

Quando a vovó mandava um bicho fazer alguma coisa, ele fazia, mas naquele momento ninguém se mexeu. Talvez fosse medo, surpresa... ou quem sabe... vontade de saber o que ia acontecer.

– Fica tranquila, vovó – disse o Tunes, contente.
– Eu não sou sua avó, sua lagarta destrambelhada! O que você está fazendo ao lado de um sapo? Será que a sua mãe não lhe ensinou que sapos comem lagartas, abelhas, libélulas... e minhocas?
– Mas a Rinella é um sapo-lagarta. Só come folhas.

Vovó balançou a cabeça e disse:
– E eu só como passarinhos. Quanta besteira!
– Não é besteira, Dona Ana Elídea. E a prova disso é que a Rinella e eu...

O Tunes interrompeu o que ia dizer, pra aumentar o suspense. Qual seria a novidade do dia?

— Somos namorados! — ele finalmente anunciou, orgulhoso.

Pela cara dos meus amigos, eles ficaram tão passados quanto eu. Vovó também. Percebi que ela não sabia o que dizer, coisa que nunca acontece. Vovó abriu a boca algumas vezes, mas não saiu nada de lá. Ficamos esperando, e nada. Finalmente ela olhou pra mim, suspirou fundo e voltou pra dentro.

A primeira a se recuperar foi a Belhuda.

— Zzzê ezzztá falando zzzério?

— Zzzzzzeríssimo, querida Belhuda, a Rinella e eu descobrimos que somos bichos da mesma matéria.

— Então tá — disse a Liby.

Eu não sabia o que dizer. Depois de um tempo, falei a primeira coisa que me passou pela cabeça:

— Você gosta de torta de casca de banana preta, Rinella?

— Minha... torta favorita: banana preta! — respondeu, simpática, com aquela voz fininha, mas algo me dizia que não era verdade. Acho que o sapo nem sabia o que era isso. — Estou morrendo de fome!

Aquilo, sim, parecia ser verdade. Senti um arrepio gelado ir de uma ponta a outra do meu corpo. Realmente, Rinella parecia meio abatida, bem diferente do sapo do dia anterior.

— Também é a minha favorita! — disse, pra espantar o medo que começava a pesar.

— Au minhau taumbém! Oi, pessouaul, perdi aulgumau, couisau? — perguntou o Quelei, que acabava de chegar, atrasado como sempre.

A galera caiu na risada, menos eu.

— Ou que foui? Tem aulgumau couisau de erraudou coum au minhau counchau?

E o Cara se contorceu todo para examinar a conchinha.

— O que foi que ele disse? — perguntou a Rinella, se virando pro Tunes. — Que língua ele fala?

O Quelei ficou vermelho. Fiz sinal pra galera parar de rir.

— Foi mal, Cara. Eles não tavam rindo de você. É que já aconteceu tanta coisa hoje e quando você perguntou... sei lá, acho que foi engraçado – expliquei.

– Naum tem grauçau.

Vovó voltou trazendo uma torta de casca de banana preta. Ela devia estar escutando a nossa conversa.

– Hum, vejo que continuam vivos – disse, séria. E, se dirigindo a Rinella: – Nunca vi um sapo comer torta de casca de banana preta, mas como você disse que é a sua favorita e hoje parece ser o dia das primeiras vezes...

Rinella se esforçou pra sorrir.

– Agora, se me dão licença, vou ver se tem mais alguma coisa para comer. Sapo vazio não segura a língua... – completou, antes de se enfiar no cafofo.

– Deve estar uma delícia – disse a Rinella com uma cara triste.

– Coma, minha bela Rinella, você não tá morrendo de fome? – insistiu o Tunes.

Rinella respirou fundo e começou a esticar a língua pra fora. Ela estava quaaase fisgando um pedaço de torta quando uma mosca gorducha passou voando e... zapt! Rinella lançou a língua e... gulp!... engoliu a coitada.

– Croac! – arrotou satisfeita e olhou pra gente com os olhos famintos.

Dessa vez ninguém esperou pra ver o que ia acontecer. Foi aquela correria! Rinella tentou fisgar a Liby, que fez uma manobra pra direita, depois pra esquerda, pra cima, pra baixo e saiu voando em ziguezague, com a Belhuda logo atrás. O Quelei se escondeu na concha e rolou pra dentro de um matinho, eu me enfiei na terra, e o Tunes... droga! ...o que uma lagarta poderia fazer? Ele não era lento como o Quelei, mas também não conseguia correr, não voava, não conseguia entrar na terra tão rápido como eu.

Chamei a vovó:

– Vó! Ajuda! O sapo... a Rinella... ela vai lanchar o Tunes!

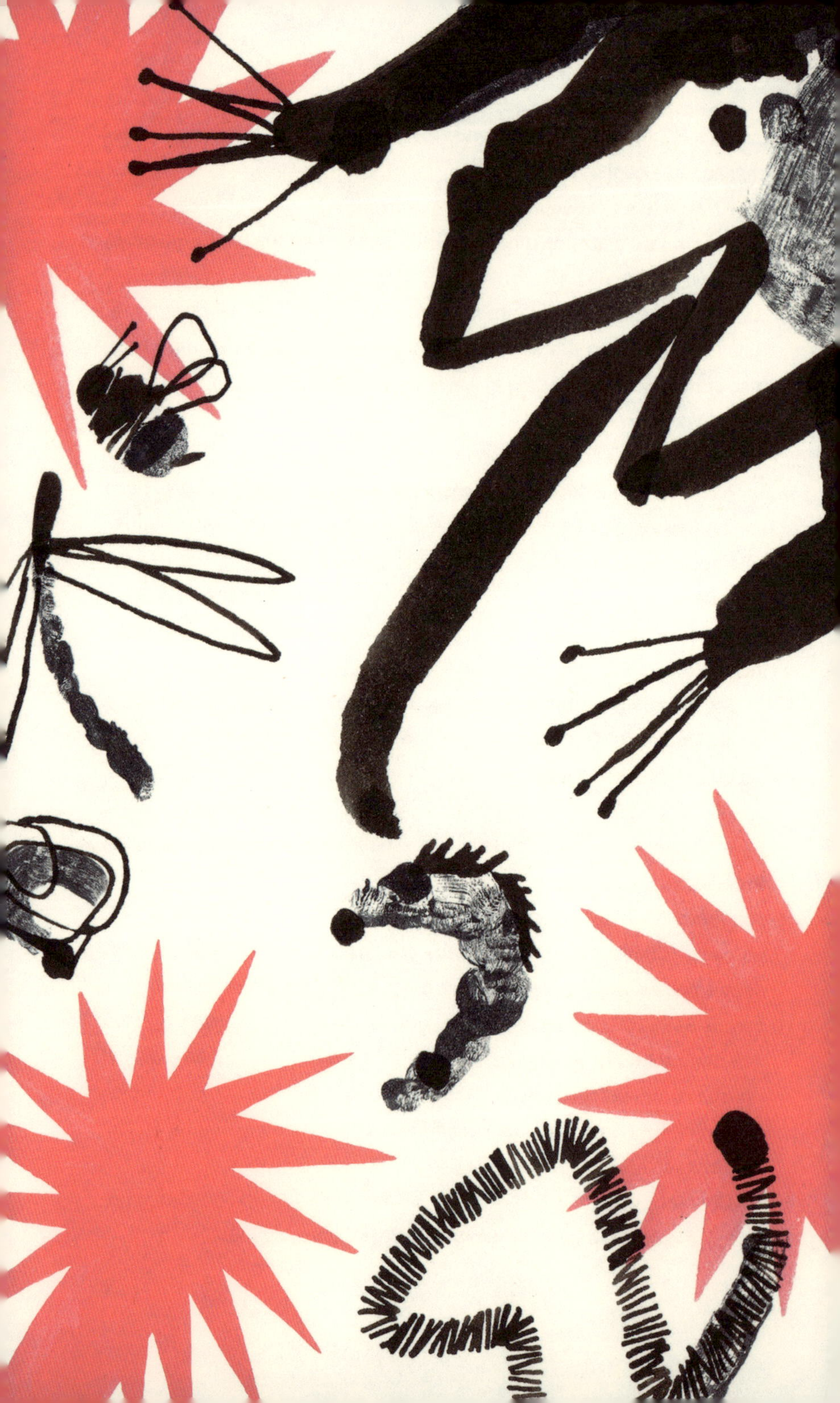

Vovó apareceu trazendo um creme de abacate. Parecia mais calma do que nunca.

– Ué? Eles não eram namorados, Haroldo?

Estava tão aflito, que nem corrigi a vovó. Ela insistia em só me chamar de Haroldo.

– Eram, mas...

– Mas ela é um sapo e o Tunes uma lagarta. Têm naturezas diferentes. Não conseguimos fugir de quem somos, Haroldo.

– Vó, faz alguma coisa!

– E o que uma minhoca velha como eu pode fazer para evitar que um sapo daquele tamanho, morto de fome, coma uma lagarta?

– Sei lá, vó, mas você sempre pensa em alguma coisa...

– Você me dá muito crédito, Haroldo. Estou cansada.

– Mas... você evitou que três pássaros comessem uma minhoca!

Vovó me olhou séria, revirou os olhos e começou a subir. Fui atrás. Botamos a cabeça pra fora e não vimos ninguém.

– Pronto! – gritei horrorizado. – Chegamos tarde! Ela comeu o Tunes, vó!

Vovó suspirou fundo:

– E pelo jeito não gostou. Olha ele ali! Ela deve ter cuspido aquela lagarta destrambelhada – disse, apontando pro Tunes, que saía do matinho, acompanhado do Quelei.

E não é que era o Tunes mesmo? Ele vinha andando com a cabeça baixa, bem devagarinho. Se tivesse patas, eu teria batido palmas de tanta alegria! Como será que ele conseguiu fugir da Rinella?

Vovó se virou pra entrar no cafofo e resmungou:

– Da próxima vez que você convidar um pássaro para nos visitar, por favor, não me chame...

Juntei e estiquei até os meus amigos.

– Tunes! Achei que você tivesse virado comida de sapo.

– Foi por pouco – disse, deprimido. – Rinella me fisgou com a língua, como ela já tinha feito com o meu coração. Coitada...

— Coitada? A gente tá falando do mesmo sapo que tentou comer os seus amigos?

— Calma, Dodô, a Rinella não tem culpa. O lado sapo dela falou mais alto, mas não tão alto assim. Quando me aproximei da boca dela, todo enrolado na língua, preparado pro pior... a gente se olhou... e a bela Rinella chorou uma única lágrima...

— E?

— Me libertou! Então fui ver se o Quelei tava bem.

— E cadê ela?

— Não sei. Pulou pra longe. Ela não é do Jardim.

"Ainda bem!", pensei aliviado.

— Rinella é um grande sapo! – completou Tunes.

— Grande porque zzze alimentou de muitazzz abelhazzz! – zumbiu a Belhuda, que voltava com a Liby.

— Foi difícil pra ela...

— Difícil paurau mim que aurraunhei au minhau counchinhau – reclamou o Quelei.

Pensei no que minha avó tinha falado sobre fugir de nós mesmos e disse:

— O Tunes tá certo. Deve ter sido muito difícil pra ela desistir de lanchar a gente.

Ninguém respondeu.

Tunes foi embora desanimado e desapareceu por um tempo. Fomos atrás dele algumas vezes, mas não teve jeito. Ele não queria chutar barro, nem fazer dobraduras, nem fazer piqueniques na sombra do abacateiro; só queria cuidar daquela tristeza dia e noite, como se ela fosse uma larva recém-nascida.

— Já-já passa – disse a vovó.

Eu duvidava um pouco. Mas como a minha avó estava sempre certa, um dia ele apareceu na entrada do cafofo, todo contente:

— Dodô! Sai do buraco! Vem ver que dia lindo! O céu tá coberto de nuvens! Vamos pra Várzea fazer dobraduras?

Eu me arrastei pra fora.

– Hã... pode ser... – falei, bocejando.

– Então vamos! Não seja uma minhoca mole!

Saímos em direção à Várzea. Tunes estava tão animado que eu tive que me esforçar pra ficar do lado dele. Encontramos Belhuda e Liby no caminho.

– Ih! Que bom encontrar vocês!

– Rezzzolveu zzzair da toca, Tunezzz? – perguntou Belhuda, debochada.

Tunes não ligou pro jeito dela:

– A gente tá indo pra Várzea fazer dobraduras! Vamos? Agora só falta o Cara pra galera ficar completa.

– Pour aucausou esse caurau sou eu? – disse o Quelei, que apareceu com a mãe, em cima do Beto.

– Bom dia, Dona Queleidiane! – dissemos.

– Boum dia, meus preciousous!

– Maumãe, precisou mesmou ir visitar a tia Queylau? Elau deve estaur taum oucupaudau coum ous cauraucoulzinhous que nem vaui noutaur que eu naum fui.

Dona Queleidiane pensou um pouco.

– Não sei, não, Queleizinhou... Tia Queyla é sua madrinha...

– Fauz um tempaum que não vejou ou Tunes! Pour fauvour, pour fauvour...

– Faz um tempão que não vemos Tia Queyla...

O Beto interrompeu.

– Ô, Dona Q... A senhora me desculpe, mas hoje não posso ficar parado. Depois de deixar a senhora na Moita Florida, tenho que pegar uma família de lesmas no Recanto das Cebolinhas. Elas precisam chegar na Várzea antes que o sol esquente. E não falta muito.

– Sim, sim, clarou, senhour Betou! Tudou bem, meu caracoulzinhou: vá coum ous seus amigous e se cuide! Não querou voucê chegandou em casa coum sua counchinha arranhada de nouvo.

– Vauleu, maumis!

Dona Queleidiane partiu, balançando de lá pra cá em cima do Beto. Ai, que vontade de dar uma volta de besouro!

– Querem brincar de flor? – sugeriu Liby.

– Zzzério que a gente vai fingir que nada acontezzzeu?

– Belhuda! – disse Liby, cutucando a amiga.

– A Bê tem razão, Liby. Eu mandei muito mal em achar que um sapo ia conseguir comer folhas pro resto da vida. Não queria arriscar a vida de ninguém, muito menos a de vocês, porque...

– Porque vozzzê ama a gente, né, Tunezzz?

– Zzzeeeem dúvida! – Tunes respondeu, aliviado.

– Agora para de me imitar e vamozzz brincar. Vou zzzumbir e vozzzês danzzzam. Quando eu parar de zzzumbir, todo mundo fazzz pozzze de flor. Zzzimbora!

Belhuda começou a zumbir e a gente, a dançar. Liby batia as asas e mexia o corpo pra baixo e pra cima, Quelei chacoalhava as antenas, vibrava a conchinha, e eu juntava e esticava em volta dele. Só o Tunes ficou parado, olhando pra sei lá o quê.

– Qual é o problema, Tunes?

Ele não respondeu. Seguimos o seu olhar e deparamos com uma aranha preta com uma mancha vermelha na barriga, empoleirada numa teia capenga.

– Só tô vendo uma aranha – disse, confuso.

– Ela não é linda?

– Ih! Não é a aranha que ficou viúva na semana passada?

– Parezzze que o marido morreu de forma zzzuperzzzuzzzpeita...

– Iuhuu! Bonita-ão! – chamou a aranha, com voz rouca.

Em seguida, levantou as quatro patas da frente e acenou.

– Seráu que elau estau faulaundou coumigou? – perguntou o Quelei, animado.

Ninguém sabia com quem a aranha estava falando, mas logo a gente ficaria sabendo. Ela desceu pela teia, pulou no chão e caminhou na nossa direção. O Quelei esticou as antenas. A Belhuda zumbiu irritada.

A Liby achou melhor voar. E eu fiquei torcendo pro "bonitão" não ser eu. A aranha se aproximou.

– Lagarta...

– Olá! Eu sou o Antunes, mas pode me chamar de Tu... – começou o meu amigo sorrindo, mas a aranha não o deixou terminar.

– Você me dá licença? Eu preciso falar com aquele grilo. Nunca vi inseto mais charmoso!

Diálogo V

– Tem uma mosca presa naquela teia de aranha.
– Vai virar almoço de aranha.
– É verdade que galinha come aranha?
– Acho que sim.
– Então a gente come mosca.

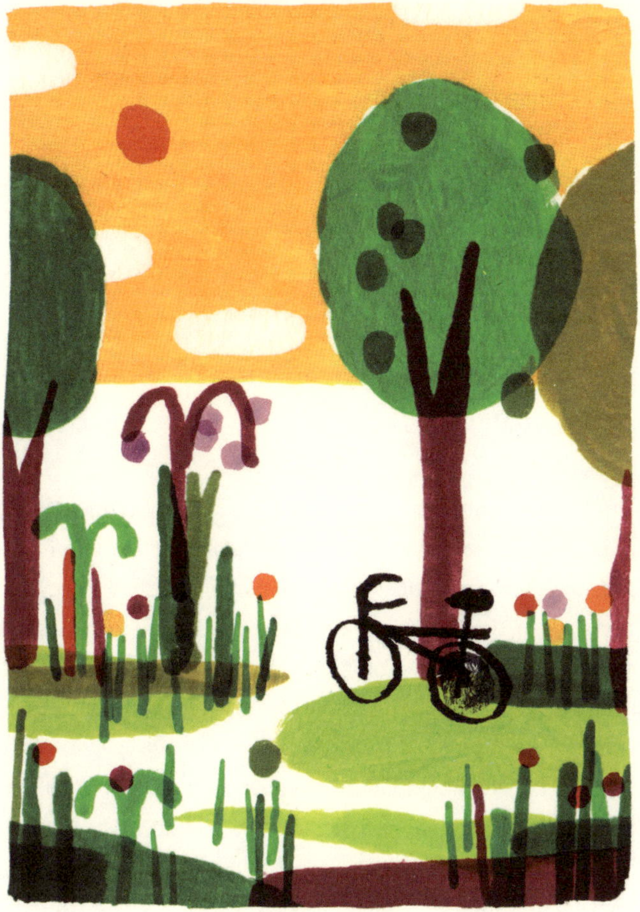

A Grande Concha do Quelei

Foram os cupins que começaram com aquela maluquice. Os pais do Pim já chegaram com mania de grandeza. Pelo menos foi o que a minha avó disse. Chegaram e já foram construindo um cupinzeiro gigante. Nenhum morador do Jardim tinha visto algo assim. Ficaram famosos antes mesmo de a construção ficar pronta. A família do Pim chamou o cupinzeiro de Murundu. Pra gente, aquele era a Grande Toca dos Cupins.

A galera do Jardim começou a puxar o saco do Pim e dos irmãos dele. Todo mundo queria ser convidado para conhecer a "Grande Toca". Mas como o Pim tinha milhões de irmãos, a Rainha Kalo, mãe deles, falou: "No Murundu só entra família; nada de visitas". E ninguém foi.

Eu não puxei o saco do Pim, até porque a gente ficou amigo logo que ele chegou. Além disso, eu nunca tive a menor vontade de entrar num cupinzeiro. A última minhoca que se aventurou num lugar desses nunca mais saiu. Ninguém sabe ao certo o que aconteceu com ela. Minha avó sempre diz: "Cada bicho na sua toca!". Acho que ela tem razão.

Só sei que a galera do Jardim não quis ficar por baixo e aí, já viu, né? O Jardim ficou cheio de tocas gigantes. Uma maior que a outra. As abelhas trabalhavam pra aumentar suas colmeias, os marimbondos competiam pra ver quem fazia o ninho mais exagerado, e as formigas

se atropelavam pra criar o monte de areia mais alto. Até o João-de-
-Barro entrou na onda, mas deu um tempo quando o galho onde ficava
a sua toca começou a rachar. Mesmo não sendo fã de passarinho,
fiquei com pena do João. Levou o maior susto! Voou na mesma hora.
Uma borboleta me contou que ele acabou construindo uma toca nova
pra lá do Muro. Nem grande nem pequena. Do tamanho certo pra ele e
a companheira. Mas ninguém comemorou a partida do João. Estavam
tão preocupados em jogar barro de cá, mexer areia de lá, cavoucar,
subir e descer, que nem notaram que tinha um emplumado a menos na
vizinhança.

Essa movimentação toda até que era divertida de assistir. Eu ficava do lado de fora do cafofo, chutando um barro, olhando a bicharada se atropelando, pensando em como e quando aquela doideira toda iria acabar. Então, o Quelei resolveu entrar na maluquice, e aí a coisa perdeu a graça.

O Pim tinha acabado de se mandar e eu estava olhando a família da Belhuda construir um puxadinho na colmeia quando ele apareceu. A gente tinha combinado de se encontrar de manhã e o sol já estava indo embora.

– Ouiê, Doudôu!

– E aí, Cara?

– Caudê toudou moundou?

– Ué, Cara, a galera já debandou. O Pim acabou de voltar pra casa, a Belhuda tá ajudando com a colmeia e o Tunes foi fazer uma boquinha com uma lagarta amarela. Ele anda numa fase lagarta-lagarta, sabe?

– E au Liby?

– A Liby voou pro Lago das Libélulas.

– Auh... queriau countaur ou meu plaunou prau voucês.

– Conta aí pra mim. Chuta!

O Quelei começou com "Entaum..." e depois ficou quieto. Parecia que estava tomando coragem. Fiquei tentando imaginar o que poderia ser. Será que ele tinha um tesouro escondido dentro da concha? Estava apaixonado pela aranha de barriga vermelha? Queria levar a gente pra um passeio de Beto? Descobri que não era nada disso. O Cara confessou, depois de ficar roxo como uma amora, que tinha a maior vergonha de falar enrolado. Aí quem ficou quieto fui eu.

Nunca achei o jeito de falar do meu amigo um problema. É coisa de caracol. Quando a gente se acostuma, entende tudo e descobre que o Cara tem muita coisa interessante pra dizer. Além disso, muitos bichos falam de um jeito diferente. A Belhuda, por exemplo, fala com um zumbido, e uma vez alguém disse que eu falo meio mole. Nunca nem percebi.

Mas o Quelei se incomodava com a falta de paciência dos bichos. Contou que tinha uma galera no Jardim que saía do caminho dele só pra não ter que trocar uma ideia. Ou pior: zoavam do seu jeito de falar! Também disse que nunca era convidado pra chutar um barro com outros bichos porque era lento e sempre chegava atrasado.

– É por isso que eu passo o horário errado pra você, quer dizer, um horário mais cedo; assim você chega só um pouquinho atrasado – disse, sorrindo.

Quelei voltou a ficar roxo. Pelo jeito, nunca desconfiou. Continuei:

– Quer saber, Cara? Se alguém não tem paciência com a gente, não merece ser nosso amigo. Pra que perder tempo com esses bichos?

Não ajudei. O Quelei continuou magoadão. Disse que os seus únicos amigos eram eu, o Tunes, a Liby e a Bê. Aí quem ficou meio sentido fui eu. Expliquei que não éramos os "únicos", éramos "muitos". Conseguir um bom amigo é difícil. Imagine quatro! Ele não se convenceu:

– Querou ser poupulaur!

– Popular como, Quelei?

– Coumou ou Pim.

Por essa eu não esperava!

Aí o Quelei explicou o que ele estava planejando fazer pra se tornar "popular". Disse que ia se mudar pra maior concha do mundo. Disse que todo mundo ia querer ser amigo do caracol com a maior concha do mundo, e que ele seria convidado pra todas as festas do mundo e que assim – finalmente – ele seria o caracol mais feliz do mundo. Ufa! Perdi até o fôlego. Mas foi assim mesmo que ele falou... bem... um pouco mais enrolado que isso, mas tinha muito "moundou".

– Auvise toudou moundou paurau estaur nau Vaurzeau dous Cauraucóuis em três diaus paurau ver au minhau nouvau counchau.

– Não sei, não, Quelei. A maior concha do mundo vai ficar meio folgada em você.

– Pour favour, Doudôu – pediu, com aquele jeito de caracol sem concha.

– Tá bom, Cara.

O que mais eu podia dizer?

Fiquei pensando onde o Quelei ia arrumar uma concha nova. E como ele ia conseguir rastejar com uma concha maior do que a que ele já tinha. Talvez ficasse mais lento ou nem saísse do lugar. Mas como prometi, comecei a espalhar a notícia. Quando passei embaixo da colmeia, chamei a Belhuda pra me ajudar. Ela não se surpreendeu com a novidade.

– Fala zzzério, Dodô! Em que jardim vozzzê vive? Tem muito bicho maldozzzo por aí. Não zzzei como nunca perzzzebeu...

E lá fomos nós. A Belhuda voando e eu juntando e esticando pelo Jardim. Por onde passava, anunciava:

– Vocês estão convidados pra visitar o caracol Queleiton, daqui a três dias, na Várzea dos Caracóis. Ele vai se mudar pra maior concha de caracol do mundo!

Todos queriam saber mais detalhes, mas descobri que quanto menos eu falava mais interessados os bichos ficavam. E, de qualquer jeito, eu não tinha muito o que falar, já que não tinha a menor ideia do que aquele caracol maluco estava aprontando.

Só sei que a bicharada se empolgou com o convite. A lesma Lorna se pôs a rastejar na direção da Várzea na mesma hora, mas o besouro Beto prometeu uma carona no dia do evento e ela voltou pra casa pra se arrumar. As formigas aumentaram o ritmo de trabalho pra compensar o tempo que estariam na Várzea. A cigarra Suzana, que ficou curiosíssima, resolveu maneirar na cantoria pra não explodir antes do tempo. E os besouros-de-maio, coitados, pediram desculpas de um jeito muito educado, mas disseram que não poderiam ir. Tinha me esquecido que eles só vivem um dia...

Envergonhado, saí com esta:

– Vocês não vão perder nada! Acreditem: tudo o que tem de interessante neste Jardim dá pra se ver num dia. O resto é repeteco. E outra: a segunda vez que a gente vê uma coisa, não tem a mesma graça. Pode crer, besourada. Vocês é que têm sorte!

Mentira. Um dia era muito pouco. Acho que nem vivendo pra sempre eu conseguiria conhecer tudo o que existe por aí. Mas eles não ligaram. Acho que não tinham tempo pra ficar chateados.

Continuei anunciando a concha gigante nos dias seguintes, até a hora em que a Belhuda me lembrou que, se eu não me apressasse, quem não chegaria a tempo na Várzea seria eu. Sou ligeiro, mas sou uma minhoca.

Passei no cafofo pra avisar a vovó.

– Vai fazer o que naquelas bandas, Haroldo? Visitar o Queleiton?

– Dodô, vó.

– Seu nome é Haroldo. Dodô é invenção. Aqui em casa ninguém nunca chamou você assim.

Só tinha ela "aqui em casa". Mas com a vovó não dava pra discutir.

– Vou conhecer a casa nova do Quelei. Vai ser a maior concha de caracol do mundo!

– Como assim?

– Ele vai se mudar pra uma concha gigante! – falei, com uma ponta de orgulho.

– Pena que o miolo mole do Queleiton não estará presente para comemorar essa façanha com vocês.

– Como assim, vó? Foi ele mesmo que disse que ia se mudar.

— Caracol de jardim não troca de concha, Haroldo, assim como minhoca não troca de pele. Mas, isso você já deveria saber.

Minha avó resmungou mais alguma coisa e saiu balançando a cabeça. Fiquei imaginando o Queleiton, murchinho no chão, sem vida, depois de se livrar da própria pele, quero dizer... da própria concha. Mas ele também deveria saber que não dá para mudar de concha, a não ser que...

Saí em disparada. Atravessei o Bosque das Gramas juntando e esticando mais rápido que a minha avó. Quando cheguei na Várzea, a galera toda já estava reunida em volta do que devia ser a maior concha de caracol do mundo. Mas era tanto bicho que eu só conseguia ver a pontinha da concha. Estavam no maior alvoroço, um subindo nas costas, na cabeça, nas asas do outro pra ter uma visão melhor. Nessas horas era cada um por si.

— Uau, o enrolado do Queleiton arrasou! — gritou a joaninha Gilda.

— Quem diria? Não é tão bobão quanto parece — comentou um louva-
-a-deus, comendo, de boca aberta, uma mosca morta.

— Essa casa é muito mais irada que a do Pim — comemorou o marimbondo Maurílio, que morria de inveja da Grande Toca dos Cupins.

Pelo jeito o meu amigo tinha conseguido o que queria. Será que a vovó estava enganada? Será que o Quelei tinha mesmo trocado de concha? Estava me esticando o máximo que podia, tentando achar as antenas do Cara, quando a Belhuda pousou do meu lado.

— O Quelei tá contente, Bê? Não consigo ver nada daqui.

— Zzzei não, Dodô. Zzzó vi a concha. Nem zzzinal do Quelei.

— Será que ele foi esmagado pela própria concha?

— Zzzéus!

E a Belhuda começou a zumbir de tristeza. Juntei e estiquei por entre a multidão, quando ouvi uma tropa de formigas marchando. O pelotão parou na entrada da Várzea e a porta-voz anunciou:

— A mais larga, a mais alta, a mais imponente entrada de formigueiro do mundo acaba de ser construída, em tempo recorde, pelo nosso

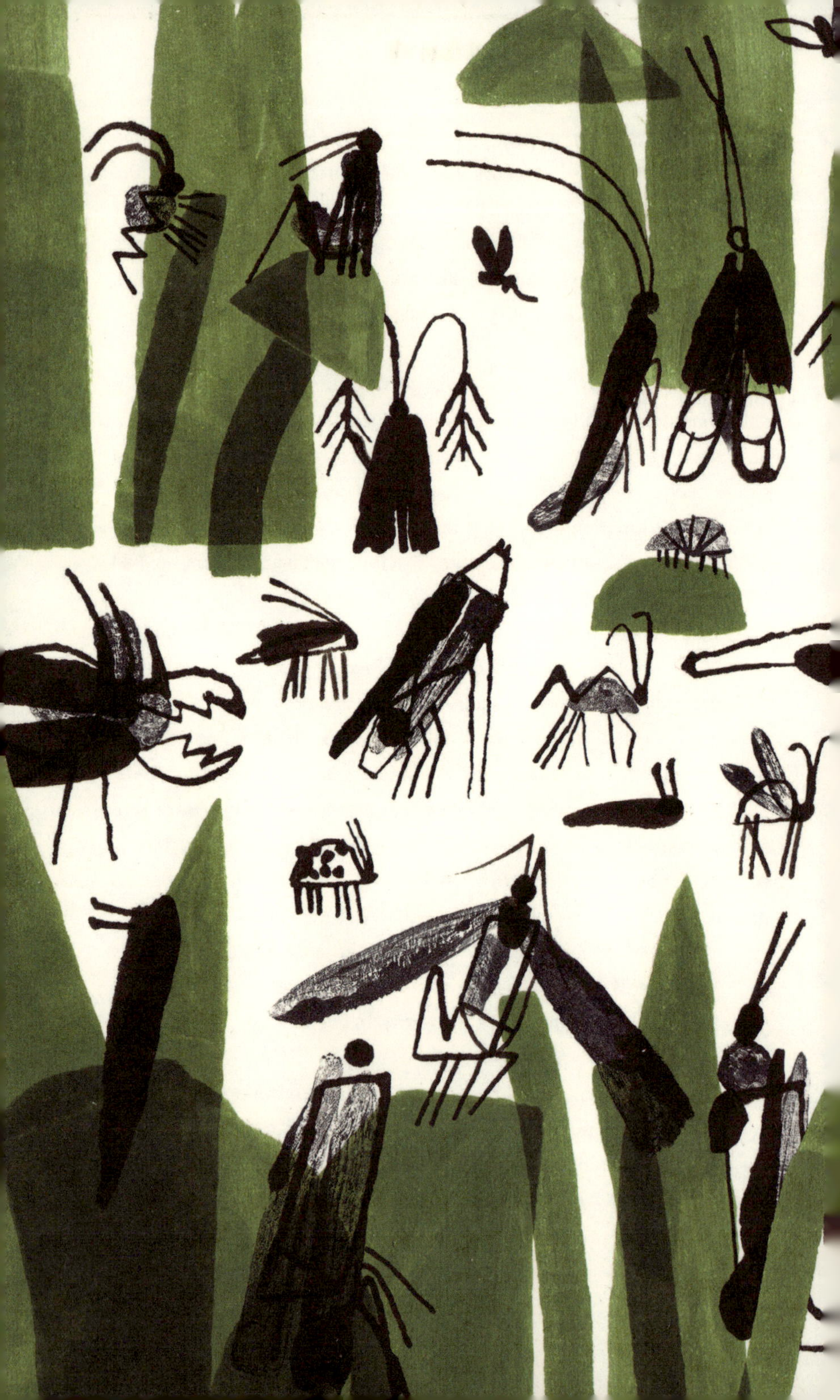

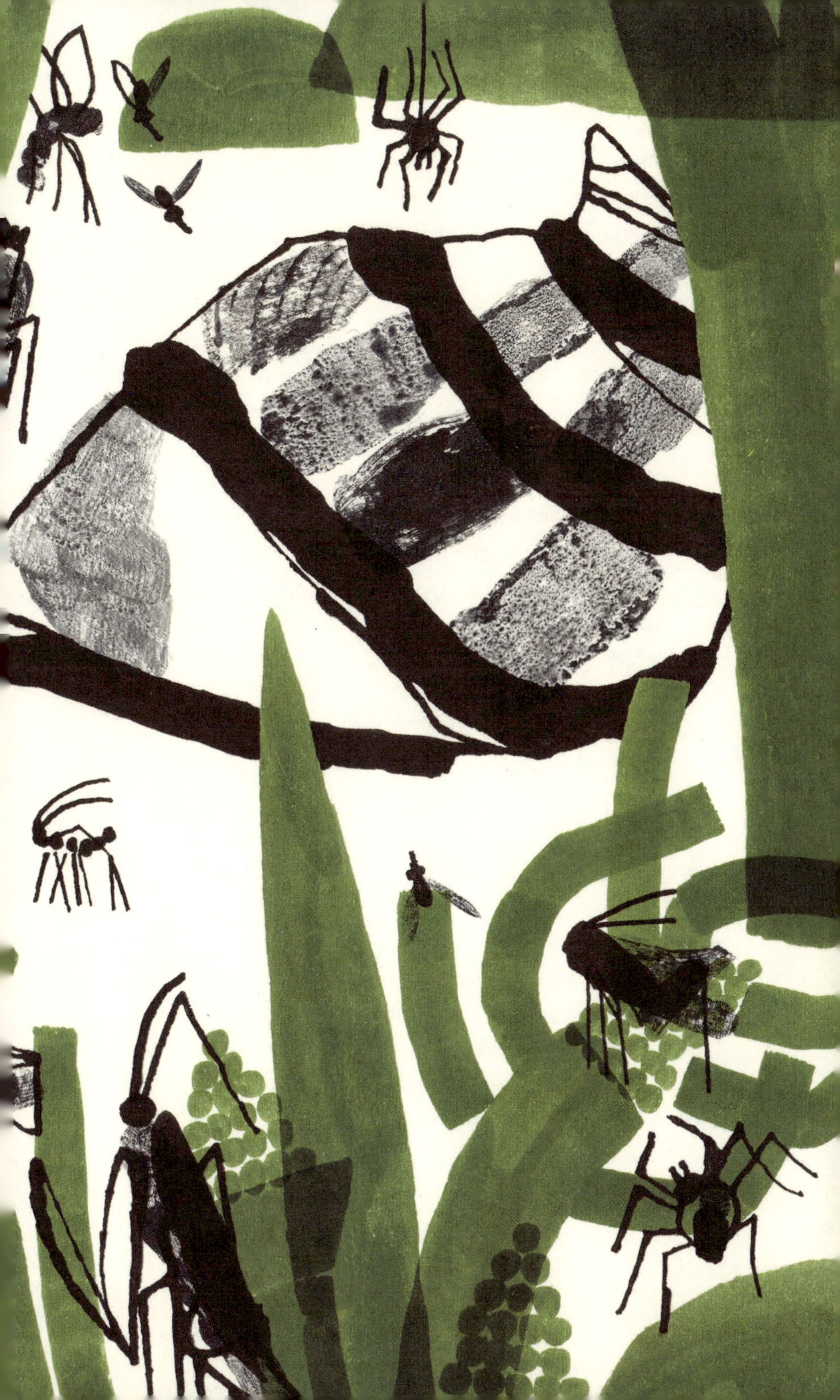

exército. A altura do nosso monte de terra excede qualquer outra construção do Jardim.

A formiga porta-voz não precisou dizer mais nada. A bicharada saiu voando, rastejando, caminhando, pulando, zumbindo, rolando e quicando em direção ao mais largo, alto e imponente monte de terra do mundo! Se eu não tivesse me enfiado na terra assim que começou a correria, teria virado pasta de minhoca. Quando saí, vi o Tunes, a Liby e a Belhuda em frente à concha. Realmente ela era enorme. Talvez a maior do mundo.

– Oi, pessoal.

Todos me olharam, desanimados. Examinei a concha, mas não achei a abertura. Devia estar virada pro chão.

– Sabem do Quelei? – perguntei.

– Ainda nada – respondeu Belhuda. – Zzzó pode ezzztar debaixo da concha, mazzz ninguém conzzzegue mover ezzze trambolho.

– Quelei, Quelei... – murmurou Tunes, balançando a cabeça. – ...esmagado pela própria ambição!

E começou a chorar.

– Mas se ele mudou de casa, a concha antiga deve tá jogada por aí – lembrei.

– Já dei uma olhadinha, Dodô, mas não achei nada, nadinha – informou Liby.

– E tudo isso pra quê? – perguntou Tunes, enxugando as lágrimas. – A esta altura a bicharada já tá rodeando o monte das formigas, não lembram nem da concha nem do Cara!

Aí, ficamos os quatro olhando pra concha gigante. Sem falar nada. Cada um com a sua tristeza. E todas as tristezas juntas, uma apoiada na outra, pra não desabar.

A Belhuda foi a primeira a abrir a boca:

– Não adianta ficar aqui zzzofrendo, zzzem fazer nada! Vou dar maizzz uma volta pra ver zzze acho alguma pizzzta!

– Vamos tentar dar uma empurradinha na concha de novo? – Liby sugeriu.

Empurramos todos juntos, com toda a força, mas nada de a concha se mexer. De repente, ouvimos um ruído.

– Tem alguma coisa lá dentro! – gritei, animado e assustado ao mesmo tempo.

– Zzzó pode zzzer o Quelei!

– Ih! E agora?

– Vocês se esqueceram que eu sou uma minhoca? – lembrei, tendo eu mesmo me esquecido do que era capaz. – Vou cavoucar até a abertura da concha. Aliás, era o que eu já devia ter feito!

– É izzzo aí, Dodô!

E lá fui eu, terra adentro, procurando o caminho pra entrada da Grande Concha do Quelei. A terra úmida e morna sempre agita as minhas caraminholas. Imaginei como seria estar infeliz comigo mesmo, insatisfeito com uma coisa que não conseguia mudar. E aquilo me deixou muito triste. Engraçado como a gente nunca sabe o que o outro tá pensando. Nunca pensei que o Quelei se importasse tanto com o seu jeito de falar. Eu devia ter sido diferente com ele, ter falado as coisas certas, mas o quê?

Quanto mais fundo eu cavoucava, mais os meus pensamentos me assustavam. E se quem fez o ruído não foi o Quelei, mas o verdadeiro dono da conchona? E se esse bicho comeu o meu amigo? E se o Quelei não foi suficiente pra encher a barriga dele?

O pavor tomava conta de mim, me deixando pesado e lento. Pensei que fosse parar de vez quando, de repente, me vi dentro da concha.

– Quelei? – chamei baixinho.

"Lei... lei... lei..." – a concha repetiu.

Eu me preparava pra fugir quando ouvi:

– Doudôu!

"Dôu... dôu... dôu..."

Juntei e estiquei na direção do meu nome até trombar com o Cara. Ainda bem que somos dois cabeças moles.

– Doudôu? É voucê?

"Cê... cê... cê..."

– Quelei! Cê tá bem, Cara?

"Ara... ara... ara..."

Como a concha repetia tudo o que a gente falava, ficou difícil dizer muita coisa. Então, buscamos a saída e entramos no túnel recém-cavoucado. Fui na frente e o Quelei atrás, cuspindo terra.

Demorou um pouco, mas a gente conseguiu sair e aí, claro, foi a maior festa. Lá estava o nosso caracol, com a sua conchinha marrom de sempre. Exatamente do tamanho que tinha que ser pra acomodar o seu corpinho molenga. E depois da alegria, foi a hora de fazer perguntas e de ficar meio bravo. Afinal, onde já se viu aprontar uma coisa dessas? Como ele tinha ficado preso? Quase matou a gente de susto!

O Quelei explicou que estava empoleirado na abertura da concha esperando a bicharada chegar, quando o vento soprou forte, alguma coisa bateu na concha e ela virou em cima dele. Como estava escuro, ele ficou desorientado e se perdeu lá dentro. Às vezes a conchinha marrom batia na conchona, fazendo o ruído que a gente escutou. No final, foi a velha conchinha que salvou a vida dele.

– De onde veio essa concha gigante? – perguntei.

– Com zzzertezzza vozzzê não conzzztruiu izzzo aí!

– Eu acourdei um diau e estauvau auí... – explicou Quelei, olhando em volta – Mas, caudê toudou moundou?

– Lá vem você preocupado com todo mundo, Quelei! – reclamei.

– As formigas construíram o maior monte de terra do mundo e aí a bicharada correu pra lá. Mas já devem estar visitando alguma outra maluquice ainda maior do que o monte das formigas – Liby explicou.

– Sempre vai existir alguma coisa maior – Tunes continuou, ainda emocionado.

– Maus voucês naum fouraum embourau.

– É, a gente não foi – respondi, olhando pra conchinha dele. – Essa concha é da hora, Quelei!

– Taumbém gostou...

Naquela tarde, o Quelei voltou com a gente pro cafofo. Ficamos os quatro trocando uma ideia, chutando um barro. A Belhuda zumbindo, o Quelei enrolando, a Liby voando em círculos, e o Tunes comendo um resto de torta de casca de banana preta. De vez em quando vovó botava a cabeça pra fora pra dizer que a gente devia fazer alguma coisa de útil com as nossas vidas. Mas eu não conseguia pensar em nada melhor. Não naquele momento.

Ah! E a maluquice que começou com a família do Pim acabou do jeito que veio: de repente. Aquelas tocas gigantes logo chamaram a atenção dos equilibristas que chegaram numa tarde e botaram tudo abaixo antes que o sol sumisse atrás do Muro. Lá se foram o Murundu, o maior monte de terra do mundo, o ninho dos marimbondos e várias outras tocas sem noção.

Tinha bicho correndo e voando pra tudo que era lado! Os cupins que sobreviveram se mandaram do Jardim. A Rainha Kalo anunciou que queria ficar o mais longe possível dos equilibristas. Se fizessem isso com o meu cafofo, acho que eu ia dizer a mesma coisa. O Pim nem teve tempo de se despedir da gente. Foi uma pena. Ele teria gostado de ver o marimbondo Maurílio dando uma picada no Cabeça de Ovo, que chiou daquele jeito dele. Nem me assustei! Já estava acostumado.

Mas nem tudo foi destruído. Sobraram a colmeia da família da Belhuda, com todos os puxadinhos, e a teia de uma aranha peluda que ia do pé de romã até a amoreira. Como estava no alto, ninguém viu.

A conchona do Queleiton? Ah, ficou no mesmo lugar. Agora está coberta de musgo. E depois que alguém fez um buraco nela, virou abrigo pra caracóis e lesmas viajantes.

Diálogo VI

– Olha o que eu trouxe pra você.
– Uma concha?
– A maior do mundo!
– Pra que serve?
– Agora não serve pra nada, mas é linda, não é?

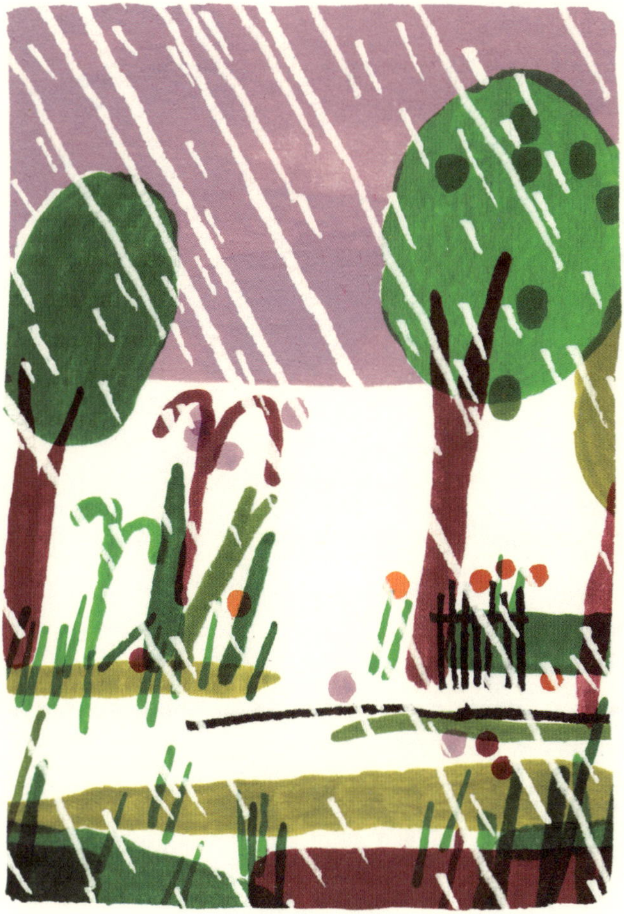

Emborboletou

O Tunes nunca quis emborboletar. Nem nos seus dias mais lagarta.

Quando alguém tocava no assunto, ele se enrolava todo, feito a concha do Quelei, e me fazia prometer que eu nunca deixaria isso acontecer.

Quando contei pra vovó, ela disse:

— Evitar que o Antunes vire borboleta é o mesmo que proibir o sol de nascer, a não ser que...

— A não ser que o quê, vó? — perguntei, ansioso.

— A não ser que ele se apaixone por outro sapo!

E deu uma gargalhada. Sério mesmo! Acho que foi a única vez que vi a vovó rindo daquele jeito. Não teve a menor graça...

Uma vez, a galera estava reunida na frente do meu cafofo quando Dona Molly passou. Ela olhou pro Tunes com cara de susto e saiu com esta:

— Ué? Mas esse amigo de vocês ainda não virou borboleta? Deve ter encruado...

Acho que não era uma pergunta de verdade, já que ela não esperou por uma resposta. Foi logo se enfiando na terra.

O Tunes olhou pra gente assustado e se transformou numa lagarta-concha. Passamos o dia tentando desenrolá-lo. Mas não teve jeito. Meu amigo não se esticou nem pra comer. E tá aí uma coisa que ele adora fazer. A Liby e a Belhuda se mandaram depois que o sol foi embora e o Quelei se enfiou na própria concha, dizendo:

— Vou ficaur pour auqui mesmou...

Eu me encostei na conchinha dele e dormi. Estava sonhando que tinha criado asas e sobrevoava o Jardim quando ouvi um chamado vindo de longe, muito longe. Ignorei a voz e me preparei pra sobrevoar o Muro do Fim do Mundo, quando a voz voltou, mais próxima e mais forte:

— Vamos, Haroldo, já para dentro!

Acordei assustado. Era a minha avó.

— Que susto, vó!

— Está fazendo o que aí?

— É o Tunes, vó. Ele tá malzão. A senhora sabe... ele não quer virar borboleta... nunca.

Vovó olhou pro Tunes e suspirou.

— Isso aí é fase, coisa de lagarta adolescente. Passa. Nada como um dia atrás do outro.

Eu entrei e o outro dia chegou. E depois dele mais outro e mais outro, e nada de o Tunes passar de fase.

Até que uma tarde...

A gente estava debaixo do abacateiro, chutando um barro, comendo uma folha, quando ele ficou com a cara toda esquisita. Olhão arregalado. Boca meio mole. Nunca vi o Tunes daquele jeito.

— Que cara é essa, Tunes? Virou uma lagarta-mosca, é?

Ele não respondeu. Deixou a sombra do abacateiro, atravessou o Bosque das Gramas e começou a subir o tronco do pé de romã. Fui atrás.

— Ô, Tuuuunes! Tá tudo bem aí? Perdeu o medo de altura?

Como não sou do tipo de minhoca que sobe em árvore, o jeito foi ficar gritando lá de baixo mesmo. Demorou pra ele responder. Quando falou, estava meio gago, com a voz tremida. As palavras saíam quebradas:

— Do-dô! O que é que tá a-a-con-te-cen-do? O meu co-cor-po não me o-o-be-de-ce...

De repente, começou a dizer umas coisas estranhas:

– Mescaraborflis... misconflislefisqui... metacontrubladistu.... forsesplifitaulibo...

Aí ficou quieto.

Assustado, voltei pro cafofo e chamei a vovó. Ela devia saber o que estava acontecendo.

– Vó! Ô, vó! Vovó!

– Mas que gritaria é essa, Haroldo?

Cansei de pedir pra vovó não me chamar de Haroldo. Fingi que não percebi. Expliquei que o Tunes estava esquisitão, que sem mais nem menos subiu no alto do pé de romã e começou a fa-fa-lar a-a-ssim e depois blublufliflibablabla...

Vovó me seguiu até lá.

Quando chegamos, apontei pro galho onde estava o meu amigo.

– Ué... – murmurei, confuso. – Ele tava bem ali, ó, vó. Bem ali onde tem aquele troço pendurado.

– Ora, Haroldo, você não sabe nada de nada mesmo, não é?! Em vez de passar o dia chutando barro, você deveria ir para a escola do Doutor Fanhoto, aprender alguma coisa de útil. Aquilo ali, Haroldo, é uma crisálida. É o Antunes transformado em crisálida. O Antunes está virando borboleta, meu filho!

É claro que eu já tinha ouvido falar de crisálidas. Só nunca tinha prestado muita atenção numa. Fiquei lá, olhando pra aquele negócio, tentando imaginar o que o meu amigo estava fazendo lá dentro. Devia ter um bando de bicho vestindo, pintando, arrumando, enfim, dando uma emborboletada geral no Tunes. Mas, pensando bem, não podia ter tanto bicho enfiado ali. Na verdade, não cabia ninguém além do Tunes. Acho que nem ele. Parecia apertado.

Vovó me lançou um olhar desapontado e saiu rastejando... junta-junta-estica-junta-junta-estica-junta-junta-estica...

Fiquei plantado no chão, ao lado do pé de romã. Eu e a árvore apoiando o Tunes. Cada um à sua maneira.

A noite chegou. Fiz um buraquinho lá mesmo, e me acomodei

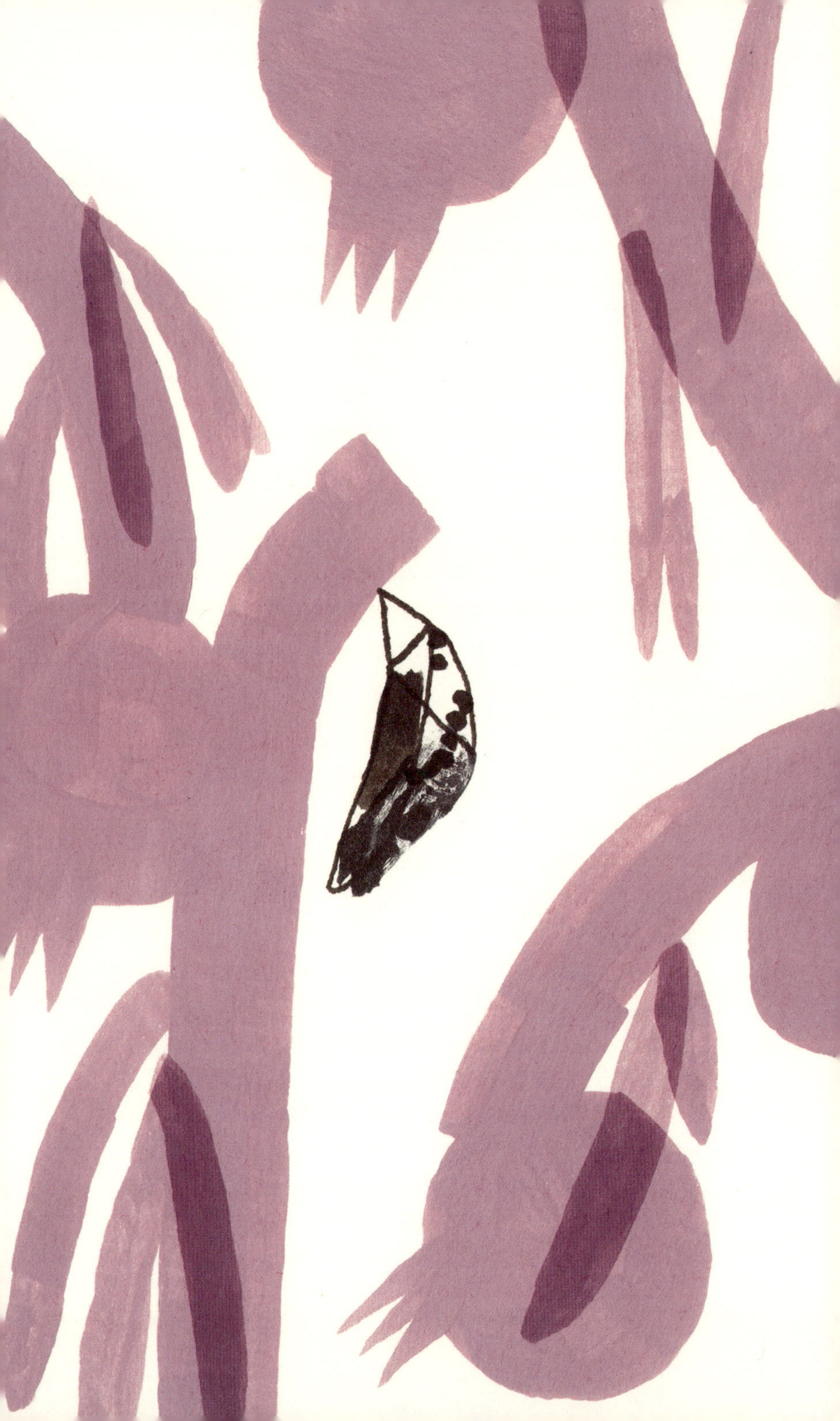

deixando a cabeça pra fora. Pensei em procurar o resto da galera, mas fiquei com medo de o Tunes precisar de mim. Queria estar por perto quando o meu amigo emborboletasse; dar uma força pra ele, sabe? Vai saber como o Tunes iria reagir quando acordasse com um par de asas.

– Pode deixar que eu tô aqui, Tunes! – gritei pro alto, antes de fechar os olhos.

Fora uns grilos que faziam uma festinha na redondeza e zoaram da minha cara, ninguém respondeu.

Acordei com a cabeça coberta por um troço laranja. Só podia ser o Tunes!

– Tunes! Bom te ver, amigo! Ficou laranja?

Não respondeu. Devia estar assustado. Será que tinha despencado do pé de romã? Ou voado até cobrir a minha cabeça? Tentei parecer animado:

– Mas cê ficou bonito, hein? Laranja é legal, uma cor bem legal mesmo. O sol é laranja. As folhas mais bonitas são alaranjadas. Muita flor é laranja. Até laranja é laranja!

Nada. Nem um suspirinho sequer.

– Às vezes as laranjas são verdes...

Nada.

– Ô, Tunes, não quer praticar bater asas? Voar deve ser bem legal.

Silêncio.

Perdi a paciência:

– Tunes, quero sair deste buraco e preciso que você me dê um espacinho!

Nadinha... Então não teve jeito: me enfiei na terra e cavouquei até sair num outro lugar, livre do abraço laranja do meu amigo.

Alguma coisa estava muito errada. Fui procurar a vovó.

– Vooooó!

– Pare de gritar, Haroldo! Estou aqui, ó – disse ela, botando a cabeça pra fora.

– Ô, vó! Cê podia me chamar de Dodô como todo mundo, né?

— O que você quer, Haroldo?

— O Tunes emborboletou. Ficou todo laranja, mas não fala nem se mexe. Tá largado no chão.

— O Antunes já virou borboleta? Estranho.

E lá fomos nós, juntando e esticando até o pé de romã. Vovó naquele ritmo dela e eu me esforçando pra acompanhar.

— Cadê? Cadê a borboleta Antunes, Haroldo?

— Tá logo a...

Droga! Minha avó não ia deixar barato.

— Depois de tudo o que eu já passei, eu não merecia um neto bocó como você! Onde já se viu confundir uma flor de romã com uma borboleta? Além disso, uma borboleta não se faz num dia.

E saiu rastejando duro.

Olhei pra cima e vi que a crisálida continuava lá, como no dia anterior. Vovó estava certa: uma borboleta não se faz num dia.

Aproveitei o buraquinho que tinha cavado, me enfiei lá dentro e retornei pra debaixo da flor de romã, pra me proteger do sol enquanto esperava.

Fiquei pensando em como seria a nossa amizade quando o Tunes tivesse asas. Será que daria pra voar grudado no cangote dele? Se eu não comesse torta de casca de banana preta por uma semana, quem sabe? Mas era bem capaz de o Tunes nem querer voar. Tentei imaginar como seria chutar um barro com uma borboleta. Ah! Voar seria mais divertido. Voar! Imagina só!

Não lembro quando os meus pensamentos viraram sonhos, mas acho que dormi bastante porque quando abri os olhos já estava escuro. Acordei com umas vozes cantando. Saí do meu abrigo pelo mesmo caminho que tinha entrado. Quando pus a cabeça pra fora, levei uma pisada.

— Ei!

Depois outra.

— Ai!

Depois outra. E mais outra, e mais outra.

– Ei, ai, ui! Vocês não olham por onde andam?

Aquilo estava ficando dolorido. Voltei pra dentro da terra e cavouquei outra saída. Quando finalmente consegui sair, dei de cara com uma fila de formigas-cortadeiras.

– Um, dois, três, o romã é meu freguês! Dois, três, quatro, o romã é um bom prato! Três, quatro, cinco, comeremos com afinco! Quatro, cinco, seis, vai ter folha para o mês!

Acho que essas formigas nunca chutaram um barro na vida. Nunca ficaram de boa. Nunca pensaram em como seria ser uma borboleta, uma flor, uma nuvem, ou qualquer outra coisa. Acho que nunca nem pensaram em como é ser uma formiga. Sem o traseiro de outra formiga pra seguir, ficariam perdidas. Só pensavam em trabalhar, deixar o pobre do pé de romã pelado e...

– O romã! O romã do Tunes!

A última cortadeira pisava pra fora do tronco da arvorezinha, carregando um pedaço de folha que tinha o dobro do seu tamanho. Será que aquelas formigas tinham levado o Tunes embora enquanto eu cochilava?

Subi o olhar devagarinho, com medo do que poderia não encontrar.

Apesar da escuridão, consegui avistar a crisálida, a única coisa que ainda enfeitava a árvore.

Resolvi dar uma esticada até o cafofo pra dizer pra vovó que eu ia ficar ao lado do pé de romã até o Tunes emborboletar.

Cheguei junto com o sol.

– Oi, vó! Vou ficar lá no pé de romã até o Tunes emborboletar, tá bom?

– Vai demorar uns dias, Haroldo.

– Dodô... – resmunguei baixinho.

– Não fique dando bobeira como a prima do Joca, a Lucinha. Aquela sim, não sabia nada de nada. Também, criada em minhocário! Você conhece a história da coitada. Queria tanto voar que subiu no bico de um passarinho. Minhoca miolo mole.

Quem não conhecia a história da Lucinha? A mãe do Joca contou pro Jardim inteiro. Só nunca entendi por que achavam que ela era uma coitada. Eu achava a Lucinha meio doida, mas também muito corajosa. Ela realizou um sonho. A maioria das minhocas que eu conhecia nem sonho tinha.

– Conheço, vó. Pode deixar.

– E veja se não come nenhuma folha do pé de romã. Dá diverticulite nas minhocas da nossa família. Leve este pedaço de casca de banana com você.

– Nem se eu quisesse, vó – disse, pegando o meu lanche. – As cortadeiras passaram por lá e deixaram a árvore peladinha, peladinha.

– Ah, meu filho, então nem adianta ficar pajeando aquela crisálida. Se nenhum passarinho a comer, o sol vai fritá-la. Aliás, é melhor a gente entrar, Haroldo. Já está bem quente aqui fora. Lembra de quando você desmaiou?

Entrei em pânico.

– O sol vai fritar o Tunes!

Larguei o meu lanche e saí como um louco. Já tinha passado do cafofo da Dona Molly quando ouvi minha avó dizer:

– Você é só uma minhoca, Haroldo! Vai fazer o quê? Vou pedir para a Rainha A. Beya examinar o seu cérebro. Isso se ela encontrar alguma coisa dentro dessa sua cabeça mole!

Segui em frente, com as minhas caraminholas mais agitadas do que nunca. Tinha que achar uma forma de proteger o meu amigo dos emplumados e do sol quente. E se eu levasse a crisálida pra dentro do cafofo? Ou se a escondesse debaixo de alguma coisa, talvez uma folha gigante. Mas como? Vovó estava certa. Eu era só uma minhoca.

Passando ao lado de um arbusto, vi uma lagarta toda colorida mastigando uma folhinha. Ela parecia feliz e despreocupada. Até um emplumado cegueta conseguiria vê-la de longe.

– Dona lagarta, cuidado! Melhor ser mais discreta, senão a senhora vai virar comida de passarinho – avisei, enquanto juntava e esticava.

Ela riu, debochada:

– Não se preocupe, minhoquinha. Nenhum passarinho vai querer comer uma lagarta vistosa como eu. Nada muito colorido faz bem à saúde, você não sabia?

Fiz que não. Ela continuou:

– Pois todo mundo sabe! Agora, você aí, com essa sua cor de... minhoca, fique esper... ah! Cuidado!

Um emplumado vinha voando na minha direção. Tentei me enfiar na terra, mas estava dura. Lembrei das técnicas de camuflagem da vovó e pensei no conselho da lagarta. Juntei e estiquei o mais rápido que pude até um canteiro. Rolei no musgo fofo. Quando o pássaro pousou, encontrou uma minhoca verde-limão. Resolveu não arriscar.

Com as minhas caraminholas falando sem parar, fui até o Lago das Libélulas.

– Liby! Liby!

– Oi, Dodô! Cê tá meio verdinho... Tá tudo bem?

– Ah, é musgo. Eu tô bem, mas o Tunes... Ele precisa da gente!

Expliquei o que estava acontecendo e o meu plano pra salvar a crisálida.

– Ih! Ótima ideia, Dodô!

– Você avisa a Bê?

– Pode deixar! Irmãzinhas, precisamos voar. Temos uma missão importantíssima!

Enquanto as libélulas faziam a sua parte, voltei pro pé de romã. O sol ainda estava atrás do abacateiro, mas logo, logo, iria bater em cheio na crisálida do Tunes.

Não tinha mais nada que eu pudesse fazer; só esperar. Resolvi contar até dez. Me convenci de que quando chegasse no dez, Liby, suas irmãs e a Belhuda estariam de volta. Fechei os olhos e comecei a contar devagarinho:

– Um... dois... três... quatro... cinco... seis...

Abri um pouco os olhos, mas não vi ninguém. Droga!

— Sete... sete e meio... oito... oito e meio... nove... nove e meio... e...dez!
Voltei a abrir os olhos. Dei de cara com a vovó.

— Vó?

— Você está fazendo o quê, Haroldo? Vamos já para casa! Se ficar aí, parado desse jeito, quem vai virar almoço de passarinho é você.

— Eu tava contando pra passar o tempo até...

— Ah! Isso realmente ajuda! Vamos, meu filho, vamos arrumar alguma coisa de útil para você fazer da vida.

— Mas eu tenho um plano, vó.

— Um plano? Como uma minhoca como você pode salvar uma crisálida no alto de uma árvore? Francamente, Haroldo!

Por sobre a cabeça da vovó, avistei a Belhuda e as libélulas se aproximando. Cada libélula trazia uma trouxinha de folha cheia de pétalas picadas. Belhuda trazia mel.

— Oi, Dona Ana Elídea! Fizemos o que você pediu, Dodô!

— Vamozzz zzzalvar o Tunezzz!

— Então, patas à obra, pessoal! — respondi, animado.

Foi tudo muito rápido. Enquanto a Belhuda distribuía mel em volta da crisálida, Liby e as irmãs iam colando os pedacinhos de pétalas. Antes que o sol atingisse a árvore, a crisálida já estava toda coberta de pétalas coloridas. Parecia uma flor. Além de proteger o meu amigo do sol, os emplumados iam achar que o Tunes dava dor de barriga.

Com os olhos apertados, minha avó olhava a crisálida, balançando a cabeça de um lado pro outro. Devia achar aquilo tudo uma grande idiotice.

— Talvez não seja o melhor dos planos — murmurei, sem graça.

— É uma ideia bem maluca mesmo, Dodô.

— É... eu...

Dodô? Era a primeira vez que a vovó me chamava assim.

— Maluca o suficiente para dar certo. Sabe, você me faz lembrar de mim mesma quando eu tinha a sua idade e salvei uma lagartixa do abraço de uma tarântula.

Antes que eu pudesse dizer qualquer coisa, vovó se virou e voltou pro cafofo.

Será que eu estava sonhando? Senti que flutuava.

– Ih, Dodô! Ainda vai demorar pro Tunes sair daí. É melhor você ir pro cafofo descansar um pouquinho – sugeriu a Liby.

– Prefiro dar um tempo por aqui mesmo – respondi, de volta à realidade.

– Zzze eu pudezzze, ficava também. Mas vozzzê conhezzze a minha mãe...

Belhuda e as libélulas partiram, e eu fiquei só, admirando a crisálida mais colorida do mundo.

Alguns dias se passaram. Minhas amigas vinham todas as tardes pra retocar a crisálida e tentar me convencer a ir pro cafofo. Quelei também apareceu e ficamos lembrando dos tempos do Tunes lagarta-folha, do Tunes lagarta-minhoca, do Tunes lagarta-formiga... Até como crisálida ele conseguiu ser diferente. Era uma crisálida-flor! Depois de dois dias o Cara teve que ir embora pra organizar o dia do Orgulho Caracol na Várzea. Nesse meio-tempo, muitos emplumados curiosos se aproximaram da crisálida, mas nenhum se atreveu a tocá-la. Teve um que tentou me pegar, mas eu cavouquei bem rápido e escapei.

Aí, aconteceu...

A crisálida começou a se mexer. Parecia que o Tunes estava se espreguiçando lá dentro. Ele empurrava e a crisálida resistia. Empurrava e resistia. Ficaram assim por um tempo. Indo e voltando... indo e voltando. Estava começando a pensar que as pétalas podiam atrapalhar a saída do Tunes, quando a crisálida finalmente se abriu e eu vi um pedacinho de borboleta.

Senti uma coisa estranha. Uma tontura. Acho que era emoção.

– Falta pouco, Tunes! Força, amigo. Eu tô aqui!

Naquele momento, a crisálida rasgou em outras partes e eu percebi que o Tunes estava de ponta-cabeça, embrulhado nas próprias asas. Devagar, ele começou a se desembrulhar.

Espreguiçou as asas azuis e ficou parado no que tinha sobrado da alegre crisálida. Depois balançou as asas bem devagarinho, como uma borboleta...

– Tuuuuunes!

As asas dançavam no ar.

– Você tá bem, Tunes? Tá com medo? Tá feliz?

As enormes asas azuis se mexiam cada vez mais rápido.

– Tá... com fome?

O Tunes estava sempre com fome. Mas, se ele respondeu, eu não escutei. Sem saber o que mais dizer, gritei:

– Voa, Tunes!

E não é que ele voou? Voou alto, rápido, pra longe.

Sumiu.

Fiquei lá, parado um tempão esperando ele voltar, mas nem sinal do Tunes.

Olhei pro pé de romã, sem folhas e com uma crisálida quebrada.

A árvore parecia tão triste quanto eu.

Comecei a juntar e esticar pro cafofo, desanimado que só. Ia sentir falta do meu amigo. Se ao menos eu tivesse emborboletado também. Mas estava como sempre fui e como sempre seria: minhoca, juntando-esticando-juntando-esticando-juntando-esticando...

No caminho de casa, cruzei com um besouro-de-maio.

Não era um conhecido meu. Todos os que eu conheci já tinham passado desta pra melhor. De qualquer forma, nenhum deles foi amigo-amiiigo. Num único dia, não dava tempo pra chutar um barro direito, comer uma folha, trocar uma ideia.

Cumprimentei o besouro, mais por educação do que por vontade. Só queria ficar sozinho.

– E aí, irmão?

– Olá! – o besouro respondeu, sorridente.

Então falei uma dessas coisas que a gente fala quando não tem assunto.

– Bonito dia, né?

– Bonito? Esplêndido! Um dia absolutamente magnífico!

Comparado a qual outro? Pra ele, esse seria o dia mais feliz, o mais triste, o mais quente, o mais frio, o mais longo, o mais curto, o mais tudo.

– Legal... – murmurei, desanimado.

– Legal? Deslumbrante! Acabo de ver uma coisa... uma coisa... Como poderia descrever? Ela era magnífica. Tinha asas de um azul profundo que cintilavam sob a luz do sol. Quanta sorte! E justo hoje. Que presente! Que presente!

E o besouro sorriu ainda mais largo.

Nós nos despedimos e eu segui pro cafofo.

Juntando, esticando...

E sorrindo também.

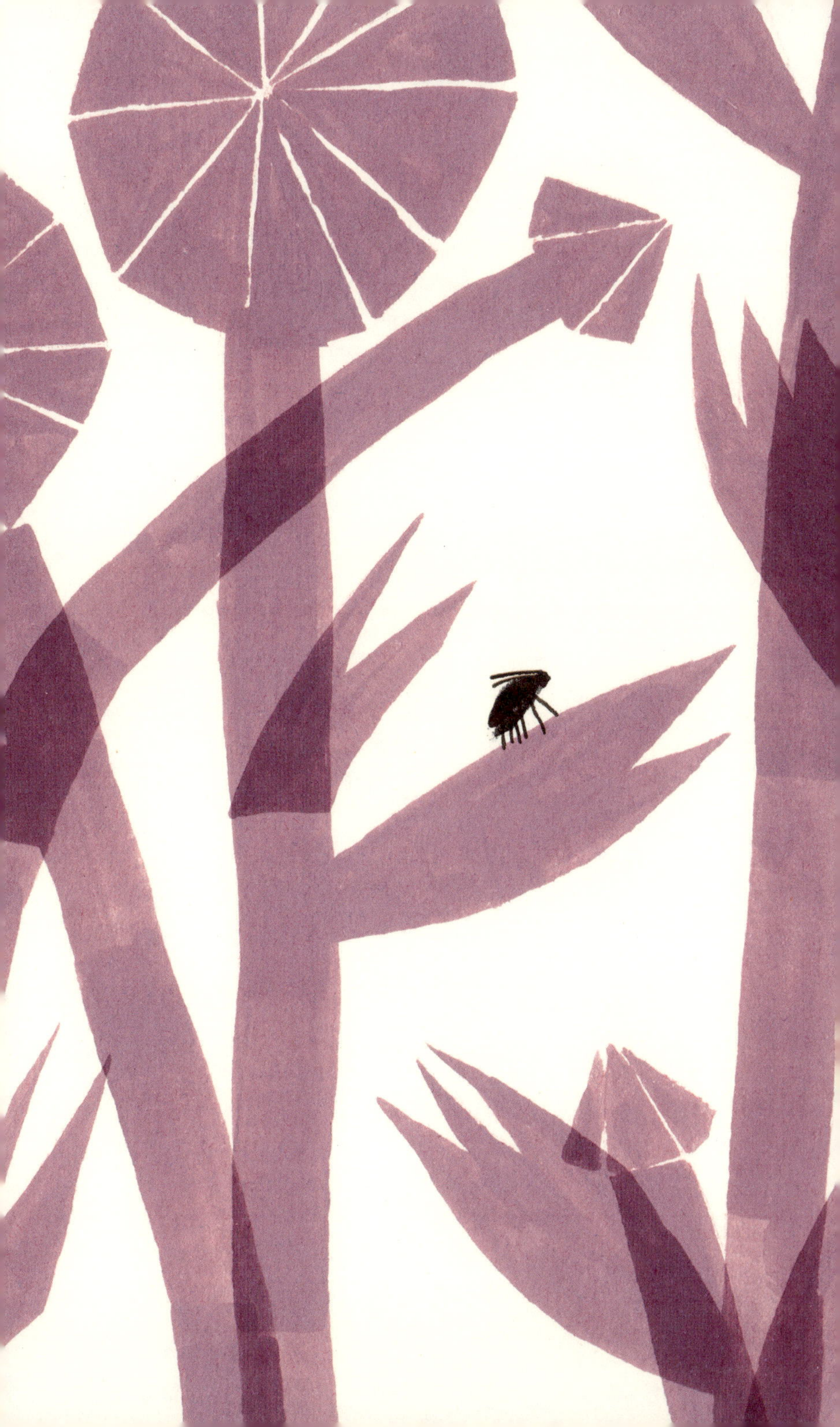

Diálogo VII

– Amor, corre aqui!
– O quê? O borrifador do inseticida entupiu de novo?
– Ah, não! Ela voou. Uma borboleta azul. Tão linda! Queria que o nosso jardim fosse cheio de borboletas, de todas as cores.
– Então pare de matar as lagartas.

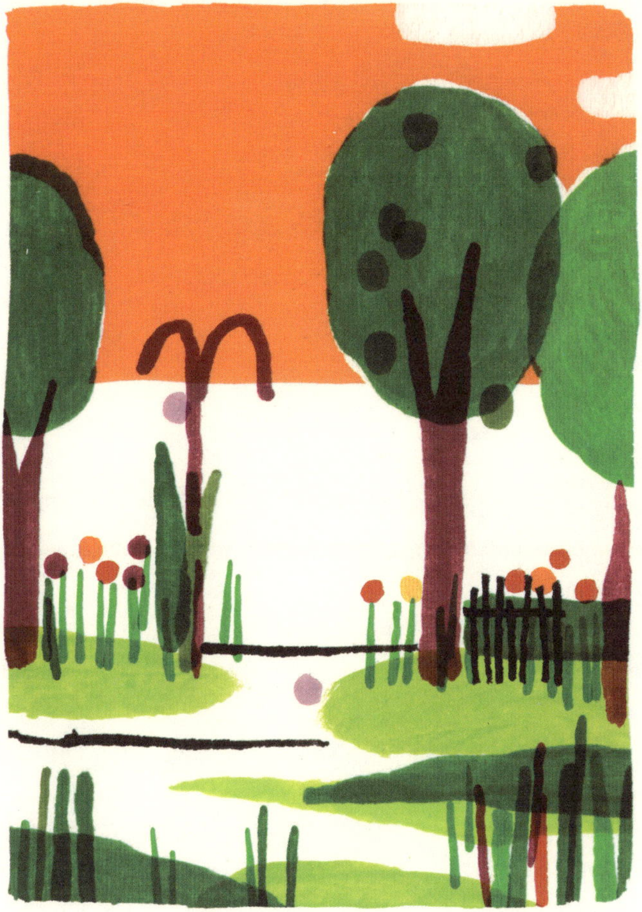

A Coisa

— Gri, griii, griiiii, griiiiiiiiiiiii...
Fechamos os olhos, com uma mistura de prazer e aflição.
... griiiiiiiiiiiiiiiiii.....BUM!
Lá se foi a Sandra.
— Brava! Bravíssima! — aplaudiram os bichos que assistiam o espetáculo.
— Até hoje fico emocionada com o finalzinho — murmurou Liby, enxugando os olhos.
— Pena que zzzaiam de zzzena bem no auge da carreira! Ezzza Zzzandra era exzzzelente!
— Bravíssima! Bravíssima! — gritei animado, e aí pensei que não fazia muito sentido aplaudir uma cantora que tinha acabado de explodir.
É, o melhor programa nas noites quentes do Jardim era escutar as cigarras cantarem. Naquela noite, seria a tão esperada estreia da cigarra Sônia.
— Dizem que a Zzzônia é ainda melhor que a Zzzandra.
— Goustauvau mauis dau Sueli
— Onde vocês acham que o Tunes tá numa hora dessas? — soltei.
— Quando uma lagarta vira borboleta, às vezes não é só a aparência dela que muda, Dodô — Liby explicou mais uma vez.

– Eu sei, eu sei, é só que... sei lá, deve ter um pouco do Tunes em alguma parte daquela borboleta.

– Quem saube ele voultau um diau?

– Ih! Imaginem o que ele ia inventar!

– Vai zzzaber! Acho que ia ter diazzz de borboleta-pazzzarinho, de borboleta-nuvem, de borboleta-chuva...ou quem zzzzabe até de borboleta-abelha!

– Ou Tunes iau querer entraur nau suau coulmeiau!

– Zzzéus!

– Ih! A gente podia brincar de roda no Lago e sobrevoar o...

– Ou a gente podia fazer alguma coisa que não precisasse de asas! – interrompi, irritado.

Nesse momento ouvimos um grito:

– Socoooooooooooorro! Socoooooooooooorro!

– Puxau, a Souniau cauntau bem diferente.

– Ezzza não é a zzzigarra Zzzônia, Quelei! É algum bicho pedindo zzzocorro.

Seguimos na direção dos gritos e deparamos com o besouro Betty descendo pelo caule da sua flor favorita, néctar escorrendo pela boca.

– Dona Betty, o que aconteceu? – perguntei, enquanto a Belhuda batia as asas pra abanar a coitada.

– Socorro... Socorro... – continuou o besouro.

Num instante, a bicharada toda apareceu e rodeou a Dona Betty que só fazia gemer e tremer. Até as antenas chacoalhavam.

– A senhora está bem? – alguém perguntou.

– Precisava gritar tão alto? Atrapalhou a minha entrada – reclamou a cigarra Sônia.

Dona Betty não respondeu. De repente, arregalou os olhos e mirou o Muro do Fim do Mundo. Segui o seu olhar e... gelei. Vi uma criatura horrível. Tinha a cabeça enorme, a bocona aberta, dentes afiados, olhos esbugalhados. Um monstro!

– Zzzocooooorro! – zumbiu a Belhuda

– Acho que vou explodiiiiiiiir! – cantou a cigarra Sônia.

– Salve-se quem puder! – berrou o grilo Godoy, pulando no mesmo lugar.

– Alguém nos acuda! – gritaram as formigas-cortadeiras.

Cada um surtou do seu jeito, menos umas aleluias, que não disseram nada porque desmaiaram.

Um vento gelado cruzou o Jardim e o monstro aumentou de tamanho, mexendo a boca. Como podia crescer tão rápido? Será que ia comer a gente? Ninguém ficou pra descobrir. A bicharada toda correu pra dentro do oco do abacateiro. Pernas, pelos, asas, antenas, patas e couraças se espremeram no grande buraco, que ficou pequeno e apertado. Os únicos de boa eram as aleluias que foram trazidas pelas formigas e continuavam desacordadas.

– Não aperta senão viro suco! – avisei, arrependido de não ter ido direto pro cafofo, onde ficaria mais confortável. Além disso, vovó saberia o que estava acontecendo. Mas, onde ela estava? Será que não tinha escutado os gritos da Dona Betty?

– Não vou passar o meu único dia de vida espremido aqui dentro! – anunciou um besouro-de-maio, abrindo caminho no meio da multidão.

– Ô, Belhuda, para de bater asas na minha orelha! Tá fazendo cosquinha! – riu um gafanhoto.

– Mazzz ezzze é o zzzeu joelho, Zzzérgio...

– Alguém manda esses pernilongos calarem a boca! – berrou Dona Molly.

– Quaul ou plaunou pessouaul? – perguntou Quelei.

A gente precisava de um plano. Não ia dar pra passar a noite amassado daquele jeito.

– Perdi uma asa! Alguém viu a minha asa? – reclamou uma das aleluias que tinha acabado de acordar.

A mãe da Belhuda, a Rainha A. Beya, resolveu botar ordem no buraco:

– Carozzz amigozzz, prezzzizzzamos ter calma. Zzzugiro que

fiquemozzz aqui até o zzzol nazzzer. Aí dezzztacaremozzz um grupo de voluntáriozzz para ir até o Muro invezzztigar a Coizzza.

A Rainha A. Beya foi a primeira a chamar o monstro de "Coisa". O nome colou.

Todos concordaram e se acomodaram como deu. Os besouros-de-maio fingiram não escutar o conselho da Rainha e saíram de fininho. Acho que fizeram bem. Melhor morrer vivendo, do que espremido dentro do abacateiro.

Assim que o primeiro raio de sol iluminou o buraco, a rainha anunciou:

– Bom dia a todozzz, gozzztaria de zzzaber quem vai partizzzipar da ezzzpedizzzão?

Acho que a reação da galera teria sido a mesma se ela tivesse gritado "mistura venenosa!". A bicharada saiu em disparada, cada um pra sua toca. Eu também não estava nem um pouco a fim a participar daquela "ezzzpedizzzão" maluca e já estava saindo da árvore quando o Quelei chamou.

– Doudôu, esperau pour mim!

Olhei pra trás e vi que, além da Rainha A. Beya e da Belhuda, só tinha sobrado o Cara no buraco. Ele rastejava bem devagarinho na direção da saída. Fui dar uma forcinha pro meu amigo, quando a rainha zumbiu:

– Vejo que temozzz aqui doizzz voluntáriozzz. Haroldo! Queleiton! Vozzzezzz zzzão doizzz jovenzzz muito corajozzzozzz!

Antes que eu pudesse abrir a boca pra explicar pra Rainha A. Beya que não era bem assim, que eu só tinha voltado pra esperar pelo Quelei, que era um caracol especialmente lento, e que a última coisa que eu queria era ir ver a tal Coisa, o Quelei disse:

– Muitou oubrigaudou! Serau um prauzer.

– Cara, cê ficou maluco? – sussurrei. – Eu é que não vou até o Muro do Fim do Mundo pra virar comida de Coisa!

Mas o Quelei estava tão empolgado, que nem me ouviu.

– Ezzztamozzz combinadozzz! – a rainha zumbiu. E, sorrindo pra filha, continuou: – A Belhuda vai acompanhá-lozzz.

Belhuda arregalou os olhos. Ela não parecia nem um pouco animada com a ideia.

– Aguardo vozzzêzzz na colmeia antezzz do zzzol zzze pôr – disse por fim a rainha, deixando o buraco.

– Seremous heróuis! – comemorou Quelei, esticando as antenas.

– Isso se a gente voltar vivo, né, seu miolo mole?

– Auh! Paurau de reclaumaur, Doudôu!

– Não tenho a mínima vontade de virar herói.

– Vozzzêzzz perzzzeberam que a minha mãe nem perguntou zzze eu queria ir?

Que situação! Ontem mesmo eu tava de boa, chutando um barro, escutando uma cigarra. E agora? Enfiado no abacateiro, me preparando pra encontrar um monstro! Como foi que isso aconteceu?

Respirei fundo e disse:

– Que bom que você vai com a gente, Bê. Se o negócio ficar feio, você pode sair voando e pedir ajuda – disse, imaginando o Quelei e eu tentando "correr" da Coisa.

Ri de nervoso.

– Ficauremous faumousous!

– Bom, antes de morrer e ficar famoso, vou passar no cafofo pra avisar a vovó.

– Vou com vozzzê, Dodô.

– Cara, melhor já começar a rastejar pro Muro. A gente te alcança.

– Tôu indou, Doudôu!

– E euzinha? Vou ficar de fora dessa?

Era a Liby, que tinha retornado pro abacateiro e pousado silenciosamente.

– A gente não tá planejando um piquenique. É mais, tipo... uma viagem sem volta!

– Ih, Dodô! Fala sério! Os meus amigos vão encarar a Coisa e eu vou perder toda a diversão? Acompanho o Quelei enquanto vocês avisam a Dona Ana Elídea.

Seguimos pro cafofo. Enquanto a Belhuda zumbia e reclamava da mãe, fiquei pensando na Liby. Nunca imaginei que ela fosse assim, tão... sei lá. A verdade é que eu nunca pensei muito sobre a Liby. Ela não tinha os ataques de pânico do Tunes, nem as manias do Quelei, muito menos os problemas familiares da Belhuda. Ela sempre foi... só a Liby! Uma libélula totalmente de boa. E agora eu sabia que naquele corpo fininho, fininho, cabia um monte de coragem.

Quando chegamos no cafofo, não havia sinal da vovó.

– Vó! Vovó! Cadê você?

Dona Maria Molly pôs a cabeça pra fora:

– Que gritaria toda é essa? Não se pode mais dormir no Jardim?

– Foi mal, Dona Molly. Sabe da minha vó?

– Sua avó? Saiu ontem, logo depois do meio-dia. Eu sei porque perguntei se poderia acompanhá-la até a pedra mais próxima, e ela disse que estava atrasada. Ah! Como se eu pudesse atrapalhar alguém! E nem perguntou do meu anel distendido. Hoje em dia ninguém liga pro sofrimento alheio. De qualquer forma, foi melhor assim. Eu tinha compromissos muito importantes e não podia perder o meu tempo pajeando uma velha ranzinza como a sua avó. Só sei que não voltou até agora. Não que eu esteja prestando atenção, mas o meu sono é mais leve do que asa de drosófila. Quem sabe a Coisa comeu a velha? Tem gosto pra tudo! Agora se vocês me dão licença, preciso dormir um pouco. Passei a noite espremida entre dois pernilongos que não paravam de conversar, com aquelas vozinhas irritantes! Argh! Ainda posso escutá-los! Bzzzzz pra cá... bzzzz pra lá... Francamente!

Tive vontade de mandar Dona Molly passear num galinheiro, mas em vez disso pedi pra ela avisar a vovó que a gente ia pro Muro do Fim do Mundo.

– Nessa geração só tem bicho desmiolado! – disse ela, e entrou em casa resmungando alguma coisa que não deu pra entender.

– Não zzzei como vozzzê aguenta ezzza zzzua vizzzinha.

– A Dona Molly é dureza, mas pelo menos passa os meus recados – respondi, pensativo. – Que pena que a vovó não tá aqui... Tava com esperança de que ela fosse impedir essa missão maluca.

– Conhezzzendo zzzua avó, ela ia achar o mázzzimo.

– Pode ser. Mesmo assim, queria avisar a vovó...

Estava preocupado. Vovó nunca passava a noite fora de casa. Deixamos o cafofo em silêncio. Quando passamos pelo abacateiro, descobrimos que o Quelei e a Liby ainda estavam lá. Naquele ritmo a gente ia encontrar a Coisa no escuro.

– Quelei, dá pra rastejar um tiquinho mais rápido? – pedi, nervoso.

– Tôu indou, tôu indou...

E lá fomos nós, quase sem sair do lugar. Depois de um tempo, Belhuda e Liby cansaram de voar em círculos e começaram a andar do nosso lado. Não cruzamos com ninguém no caminho. Acho que todos queriam ficar o mais longe possível do Muro.

Não sei se era medo da Coisa ou preocupação com a minha avó, mas comecei a ficar tonto e a ver tudo embaçado.

– Galera, eu não tô legal – disse.

– Eu taumbém naum.

– É o zzzol.

– Vamos dar um tempo embaixo desta folhinha? – sugeriu a Liby.

– Boa ideia. Mas a gente não pode demorar, senão vai escurecer.

– E ainda nem chegamozzz na Baixada dazzz Pedrazzz Redondazzz.

Debaixo da folha era fresco e escuro. Eu me dei conta do quanto estava cansado. Dormi. Acho que todos dormimos. Acordamos com os gritos do Quelei.

– Aucourdem! Aucourdem! Tau escurou lau fourau!

– Hã... O quê... Onde eu tô? – murmurei, confuso.

– Escurezzzeu! A Coizzza vai pegar a gente! Ezzzpero que minha mãe fique felizzz.

– Ih! Calma, Bê. Não adianta a gente perder a cabeça – disse a Liby, bocejando.

– Verdade, até porque a gente vai perder a cabeça, as antenas, a concha, as asas, as patas, e todo o resto daqui a pouco – anunciei, já bem acordado.

Todos me olharam espantados.

– E pode ser que não... quem sabe... talvez...

– Nous vaumous mourrer! – gritou o Quelei, se esquecendo de que ele tinha metido a gente naquela enrascada.

– Olha só, galera, eu vou lá fora, dou uma olhada e volto. Pelo que a vovó me contou, antes do Muro, além da Baixada das Pedras Redondas, tem a Floresta das Trepadeiras. Se a Coisa ainda estiver por aqui, vou conseguir ver de longe. A nossa missão é investigar. E para fazer isso a gente não precisa chegar muito perto, certo?

– Vou com vozzzê. Afinal, ezzza doidera toda foi ideia da minha mãe.

– Também vou – avisou Liby.

– Eu taumbém!

– Cara, melhor você ficar. Se a gente tiver que fugir, a Belhuda e a Liby voam e eu me enfio na terra.

– E eu entrou nau minhau counchau, ouraus!

– É, mas vai que a Coisa gosta de ouvir "creuk, creuk". Melhor ficar aqui. Precisamos de alguém cuidando do nosso esconderijo supersecreto.

– Escounderijou supersecretou? Legaul!

Saímos devagarinho, examinando a escuridão. Estava tudo silencioso. Belhuda e Liby andavam ao meu lado, pra não fazer barulho com as asas.

– A gente devia ter chamado um vaga-lume pra vir junto – sussurrei.

– Daqui a pouco as luzinhas do chão vão aparecer.

– Tem certeza?

– Desde que os equilibristas voltaram, as luzes do chão sempre aparecem.

– Zzzerá que a Coizzza zzze mandou? – zumbiu a Belhuda, baixinho.

– Espero que sim – respondi. – De qualquer forma, acho que já investigamos o bastante. Não dá pra ver nada. Fim da missão.

– Vamos voltar pra folhinha? Passamos a noite lá e seguimos pra colmeia assim que o sol nascer – sugeriu a Liby.

– Zzzzim! Minha mãe vai ficar zzzuperpreocupada! – comemorou a Belhuda.

A gente estava voltando pra folha quando as luzes do chão apareceram. Logo, avistamos o Quelei na entrada do esconderijo, fazendo umas caretas engraçadas e falando mais enrolado do que nunca.

– Soucourrouaucouisauestautrausdevoucescourreauuuuuh!

– Ih! Não entendi nada, Quelei! Fala devagarinho!

– Au Couisa! Au Couisa!

Olhamos pra trás e lá estava. Ou melhor... Lá estavam! As Coisas! Eram duas. Duas cabeças enormes, de boconas abertas, dentes afiados, olhos esbugalhados! A única diferença é que na boca de uma delas, tinha um negócio fino e comprido se mexendo. Parecia uma minho... Vovoooó!

– A Coisa pegou a minha vó! Por isso ela não tava nem no cafofo, nem no abacateiro! Guardou ela pro jantar!

Saí feito um doido. Meus amigos gritavam pra eu voltar, mas fingi que não escutava e segui em frente. Não ia deixar ninguém jantar a minha avó! Não mesmo!

Estiquei pra dentro da Baixada das Pedras Redondas. Percebi que juntar e esticar ali era bem difícil. Quando me mexia, as pedras também se mexiam. Se eu rolasse, poderia ficar preso entre elas, ser amassado, virar suco! Mas fazer o quê? Vovó ainda estava viva, lutando entre os dentes da Coisa. Eu precisava ajudar!

– Solta a minha vó, seu cabeçudo! Vê se encontra alguém do seu tamanho!

De repente, ouvi a voz da vovó.

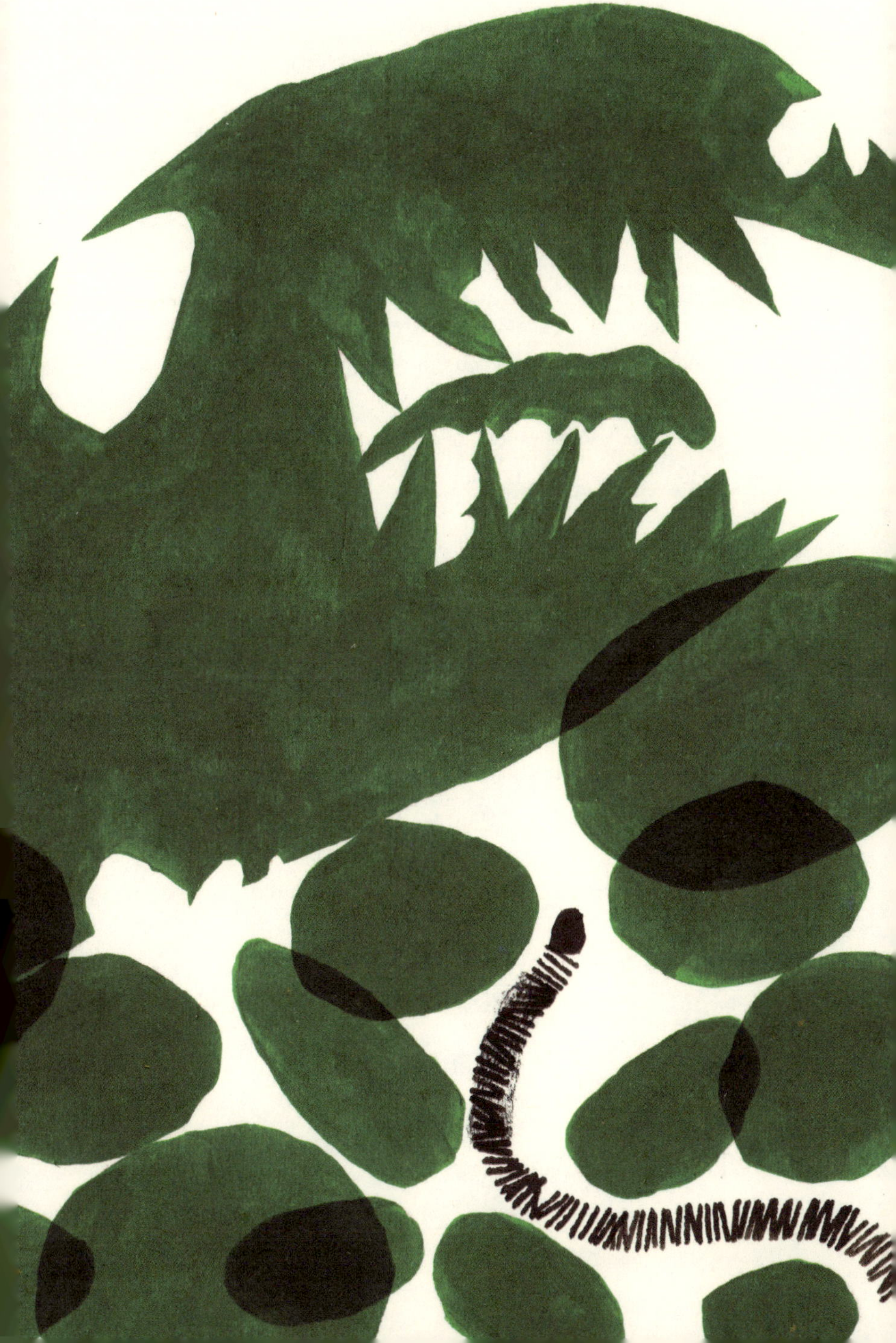

— Cuidado, Haroldo! Essas pedras são perigosas!

Mas, a voz dela não vinha da boca da Coisa. Então... quem? Me virei e a pedra onde eu estava se mexeu. Perdi o equilíbrio e... não lembro de mais nada.

Quando dei por mim, o sol já estava alto no céu.

— Hã...

— Ah! Finalmente, Haroldo!

Meu corpo estava todo dolorido.

— Dodô... — gemi.

— Que seja! Onde já se viu? Se arriscar para salvar uma minhoca velha como eu? Eu não mereço um neto maluco como você. Minhoca miolo mole!

Senti que estava deitado sobre alguma coisa que se movia através do Bosque das Gramas. Tentei me esticar, mas doeu. O Quelei estava ao meu lado.

— Segurau firme, Doudôu! Jáu estaumous quause chegaundou nou seu caufoufou. Ou Betou é raupidaum!

O Beto! Eu estava andando de Beto! Queria me esticar, ver a paisagem, curtir o passeio, mas tudo doía. O que tinha acontecido? Como a vovó conseguiu se livrar dos monstros? Como a gente conseguiu escapar? Mas onde estriam...

— Cadê a Liby e a Bê? — perguntei, assustado.

— Ezzztamos aqui, Dodô!

Virei a cabeça devagarinho e vi minhas amigas voando ao meu lado.

— Ah! — suspirei, aliviado. — Achei que o zumbido fosse da minha cabeça...

Graças ao Beto, chegamos rapidinho. Vovó e os meus amigos me ajudaram a desmontar e me acomodaram numa terra fofa. Foi aí que notei uma cara nova, uma lagarta que eu nunca tinha visto antes. Parecia infeliz.

— Ezzza é a Maya.

— Oi, Maya! Sou o Dodô. Desculpa não te cumprimentar direito. Dói quando me estico.

— Eu sinto muito, Dodô! Não sabia que eu ia causar tanta confusão, só queria tirar as histórias da minha cabeça.

E começou a chorar. De que histórias ela estava falando? A tal da Maya era mais difícil de entender do que o Quelei.

— Por que ela tá chorando? – perguntei pra Liby.

Liby explicou que a Maya era uma lagarta cheia de histórias. Histórias que ela sonhava e que ficavam rondando a sua cabeça. Aí ela encontrou um jeito de pôr essas histórias pra fora. Ela desenhava os personagens, comendo as folhas da Floresta das Trepadeiras. De noite, quando as luzes do chão do Jardim apareciam, as imagens que ela fazia viravam sombras no Muro do Fim do Mundo. O que eu vi se mexendo na boca da Coisa era a própria Maya, terminando de fazer os dentes da sua criação.

— Puxa! Quer dizer que a Coisa era a sombra de uma folha?

— Issou mesmou!

— Mas, onde você tava, vó? Porque não apareceu quando a Dona Betty gritou?

— Fui visitar minha amiga, Dona Malemolência, do outro lado do Jardim. Na hora de voltar para casa, apareceu um pássaro. Fui obrigada a passar a noite lá.

— Mas como a senhora sabia que a gente tava aqui?

— Dona Maria Molly falou que você tinha ido até o Muro para ser comido por um monstro. Bobagens! Mas fiquei preocupada com a Baixada das Pedras Redondas.

Maya continuou:

— Quando escutei a gritaria, desci da trepadeira pra ver o que estava acontecendo e encontrei a sua avó e você... desmaiado! Você me perdoa, Dodô? Não queria assustar ninguém, muito menos machucar outro bicho.

Perdoar? Aquilo era incrível! Minhas caraminholas estavam fazendo festa.

— Você ainda tem muitas histórias aí na sua cabeça, Maya?

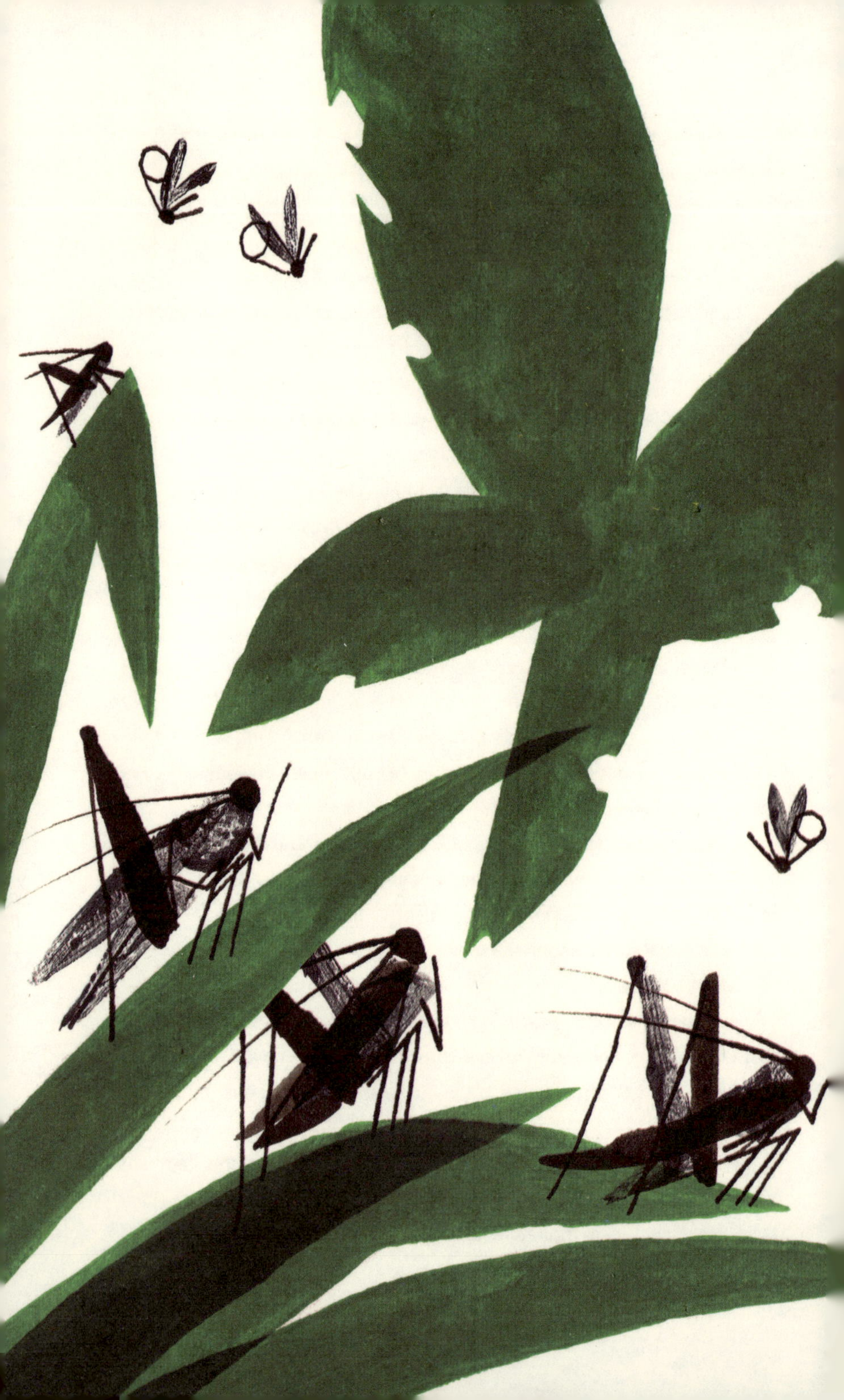

— Tenho sim, mas é difícil botar tudo pra fora. Só consigo fazer um personagem por vez. Se demoro muito a folha murcha e...

— Não se preocupe! A gente vai te ajudar! Isso é, se você quiser a nossa ajuda.

— Aujudaur?

— Vamos montar um grupo de contação de história bem aqui no Jardim!

E foi o que aconteceu. Descobrimos que outras lagartas também gostavam de fazer desenhos nas folhas e muitas vieram nos ajudar. As cigarras contribuíram com a música, os vaga-lumes com os efeitos especiais, as abelhas faziam a divulgação e as libélulas eram os mestres de cerimônia. Todos os bichos participavam do seu jeito.

Quando contei pra Maya sobre o dia em que o Tunes emborboletou, ela ficou bem emocionada e... sabe o que aconteceu? Representamos a história do meu amigo com sombras. Naquela noite, fiquei ajudando a Belhuda a distribuir néctar pela plateia que se amontoava em frente ao abacateiro.

No final, fui dar os parabéns pra Maya:

— Puxa, Maya... Foi emocionante! Senti que tava vivendo aquele dia todo de novo. E o voo do Tunes? Onde foi que vocês encontraram uma borboletona azul pra participar?

— Deve ter sido o efeito da luz, Dodô. Não tinha nenhuma borboleta azul na apresentação. Só as sombras das folhas.

Estranho. Eu tinha certeza de que era uma borboleta de verdade.

Na volta pra casa, contei pra vovó:

— Acho que tô ficando doido, vó. Jurava que tinha uma borboleta azul pousada no Muro do Fim do Mundo.

— Eu também vi, Dodô.

Diálogo VIII

– Olha ali. Não parece uma borboleta?
– Só vejo a sombra das folhas.
– Borboleta!
– Sombra.

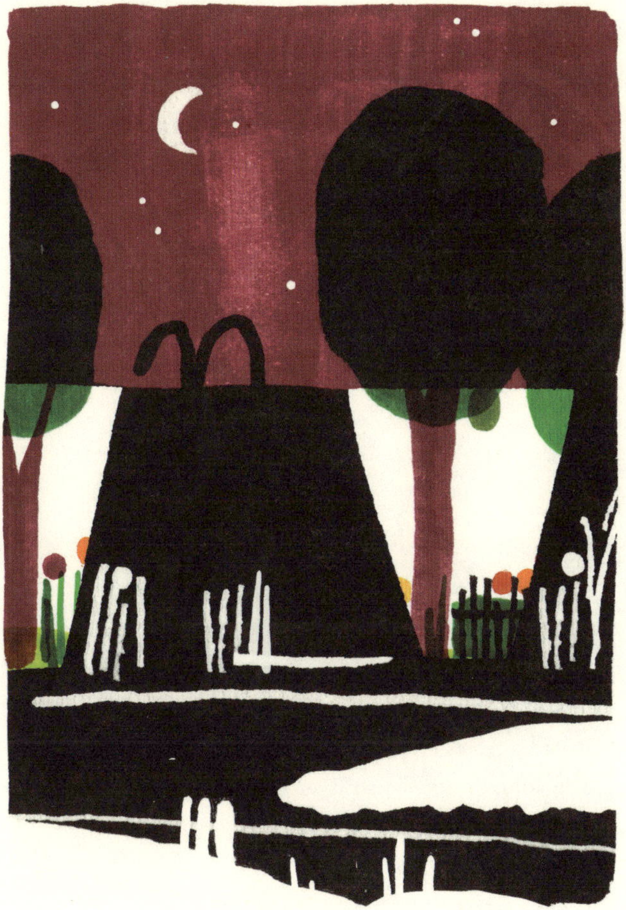

Nas alturas

Pra mim deu!

Precisava juntar e esticar por outros caminhos, fazer novos amigos, chutar um barro diferente. Dar um tempo da Liby e da Belhuda... e das asas delas.

Pelo menos uma vez por dia elas iam brincar de roda no Lago das Libélulas. E aí eu ficava lá, jogado na margem ou enfiado no buraquinho da Pedra Pintada, escutando as cantigas, assistindo as danças, morrendo de vontade de brincar. Mas eu fingia que não estava nem aí.

Toda hora elas paravam pra falar comigo:

– E aí, Dodô? Tá tudo bem?

– Zzzê quer fazzzer outra coizzza? Podemozzz parar...

– Eu? – perguntava, fingindo surpresa. – Tô de boa!

E forçava um sorriso.

Queria mais é que elas esquecessem que eu estava ali, pra eu poder ficar chateado de vez e ir procurar outra galera pra chutar um barro. Mas elas nunca esqueciam...

E lá estava eu – "de boa!" – na beira do lago, esperando o Quelei que não chegava nunca, tentando imaginar uma vida com asas:

"Tem uma pedra no meio do caminho?"

"Sem problemas, voo por cima!"

"O quê? O que é aquilo? Um lago?"

"Legal! Vou dar um rolê pra me refrescar."

"Ah! Vocês querem brincar de roda?"

"Tô dentro!"

"Hã? Pensando em me lanchar, é?"

"Bati asas e... fui!"

"O pé de romã tá florido?"

"Vou lá em cima dar uma olhada."

Mas, na real, pra eu chegar perto de uma flor de romã tenho que esperar ela murchar e cair no chão. E aí já não é a mesma flor.

Pois é... Só existo grudado na terra. Ou debaixo dela. Uma baita injusti...

– Doudôu!!!!

– Aaai! Que susto, Quelei! Precisa gritar desse jeito?

– Fauz um tempaum que eu estou te chaumaundou e voucê naum respounde. Tau pauraudou aí coum au boucau aubertau. Tau doente?

– Sim... sofro de falta de asas.

– Ou quê?

– Não posso voar. Queria brincar de roda com a Bê e a Liby... e fazer outras coisas também. Não queria sair do meu caminho por causa de qualquer pedrinha. Queria cheirar uma flor fresca... sei lá...

– Se voucê fousse umau libélulau, umau bourbouletau ou umau aubelhau, eu estauriau auté houje presou nauquelau counchounau.

Não tinha pensado nisso.

– Uma minhoca tem lá suas vantagens, mas brincar de roda no Lago seria muito divertido, né?

– Eu goustou de ser um cauraucoul!

Esse papo não ia levar a nada. Minhoca não voa e pronto. Mudei de assunto:

– O que você quer fazer? A gente podia...

Aí o Quelei me interrompeu dizendo que não podia ficar comigo porque estava paquerando uma caracol nova no Jardim. Ele disse que era a maior caracol que ele já tinha visto.

– É umau cauraucoulounau! Foui aumour au primeirau vistau.
– Mesmo? Qual é a história dela?
– Naum sei auindau. Elau é muitou tímidau. Naum faulau naudau, maus, quaundou eu faulou, elau chourau de emouçaum.
– Ela chora quando você fala?

Aquilo estava esquisito.

– Tem um courauçaum sensível. Especiaulmente quaundou declaumou ous meus pouemaus.

– Poemas? Desde quando você faz poemas?

– Desde que counheci au cauraucoulounau – respondeu, com um sorrisinho malandro. – Escutau sóu:

"Caraucolounau dou meu jaurdim,

enourme e chourounau,

voucê foui feitau paurau mim.

Naum impourtau ou que aucounteçau,

noussou aumour naum teráu fim".

O Quelei era uma conchinha de surpresas. Eu não sabia o que dizer. Sorri.

– Goustou, né? – disse com o mesmo sorrisinho, e saiu rastejando de um jeito meio gingado, deixando um rastro meloso pra trás.

Sem ninguém com quem chutar um barro, dei uma última olhada pra roda e voltei pro cafofo.

Encontrei vovó e o Doutor Garibaldo Fanhoto debruçados sobre alguma coisa.

Desde a última lua cheia que eu ia pra escola do Doutor F.; no começo fui meio que empurrado pela vovó, mas depois até que gostei. Bem mais do que admiti pra ela. A coisa mais legal da escola era um desenho (que o Doutor chamava de "mapa") que mostrava todo o Jardim. Lá dava pra ver o abacateiro, bem no meio de tudo, o pé de romã do Tunes, a várzea do Quelei, o lago da Liby, a colmeia da Belhuda, todas as árvores, cantinhos e canteiros do Jardim. Tinha até um pontinho preto mostrando onde ficava o nosso cafofo. Tudo parecia tão pequenininho, tão fácil de apagar...

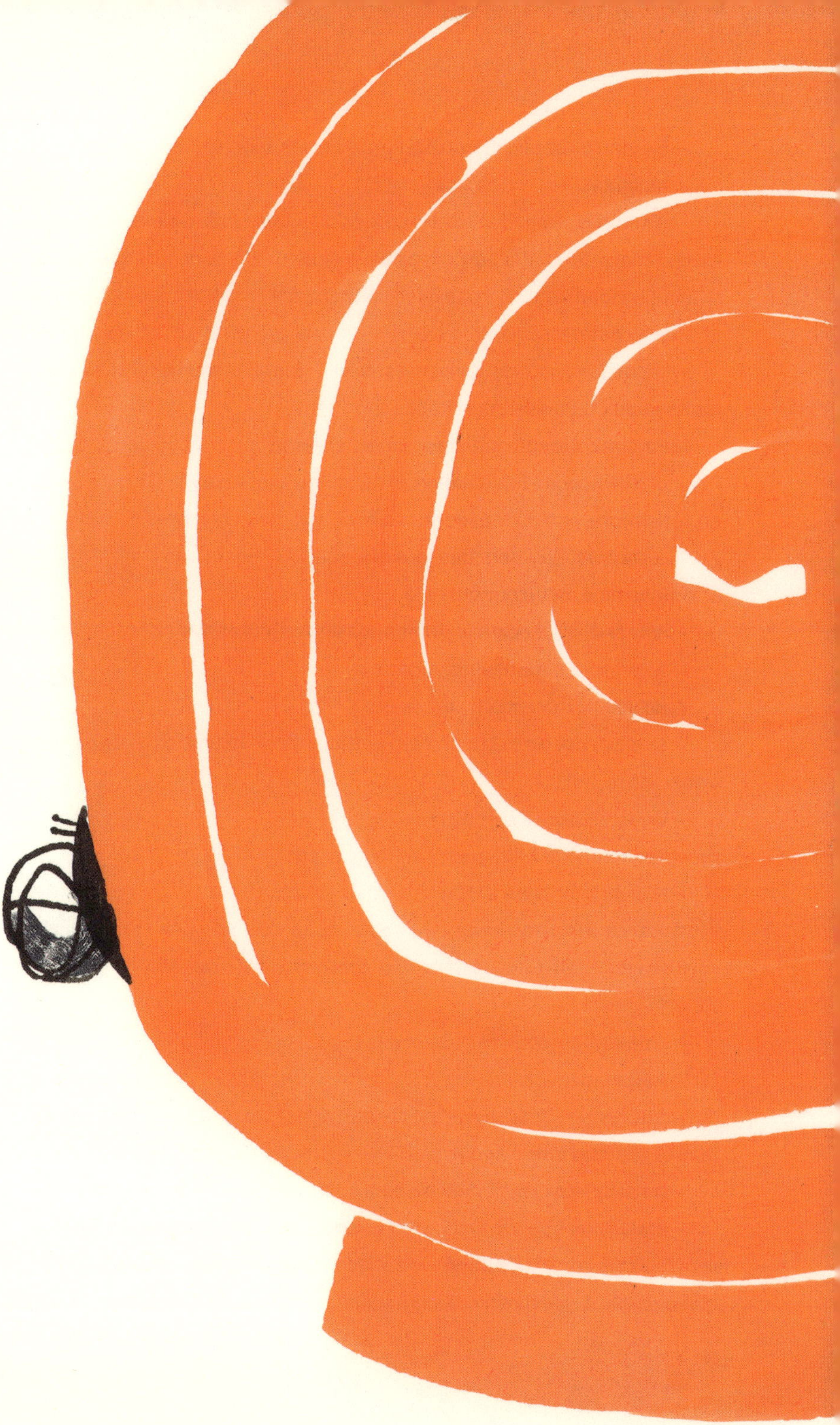

– Oi, vó! Oi, Doutor F.! – disse, me espichando pra ver o que eles tanto olhavam.

– Olá, jovem Haroldo. Como vai? – falou o Doutor F., que se recusava a usar apelidos para falar com os seus alunos. – Estava dizendo para a sua avó o quanto foi útil a sua descrição do interior da Grande Toca para um melhor entendimento dos hábitos dos bichos-equilibristas. Sem falar na descoberta de como eles chamam a si próprios: "humanos". Muito, muito interessante!

Minha avó fez que sim, orgulhosa. Deve ter se esquecido de como ficou brava quando ficou sabendo da minha aventura.

– Senhora Ana Elídea, devo retornar aos meus afazeres. Fico muito grato pela sua assistência. Acredito que não exista bicho no Jardim que saiba mais sobre o solo do que a senhora.

– Sou uma minhoca e já vivi muitos anos, Doutor. É só isso.

– A senhora é modesta.

E, se virando pra mim, continuou:

– Sua avó me diz que o seu aniversário é em poucos dias. Caso não o veja até lá, feliz aniversário!

– Valeu, Doutor F.!

– Senhora Ana Elídea, precisamos avisar...

– Não se preocupe. O Haroldo cuidará disso.

O Haroldo? O que quer que fosse, tinha sobrado pra mim. O meu sorriso murchou. Com certeza não ia ser nada de divertido.

– *Au revoir!*

– Adeus, Doutor! – respondeu a vovó.

– Au... o quê, vó?

– "*Au revoir*". Quer dizer "até a vista" numa língua equilibrista falada num lugar bem longe daqui, pra lá do Muro.

– Achei que o Doutor fosse daqui.

– Ele é. Mas quando era jovem se apaixonou por uma mariposa que veio desse lugar, trazida por um antigo morador da Grande Toca. Assim que chegou, a mariposa conseguiu fugir.

– O que aconteceu com ela?

– Pouco depois de conhecer o Doutor, foi recapturada e pregada num dos muros da Toca, junto com outras mariposas.

Que criaturas estranhas eram os equilibristas! A graça de uma mariposa é justamente o seu voo.

Vovó continuou:

– O Doutor Fanhoto ficou de coração partido. Nunca mais foi o mesmo. Está sozinho desde então, dedicando-se à educação dos bichos do Jardim.

Lembrei do Quelei e torci pra ele não acabar de coração partido como o Doutor Fanhoto. Parecia dolorido. Espero que o meu não parta nunca. Se bem que... acho que o meu coração deu uma trincada quando o Tunes se mandou sem nem se despedir. Também sinto que quebra um pouquinho sempre que fico de fora das brincadeiras no Lago. Será que alguém chega ao final da vida com um coração inteiro?

– Dodô, você está me escutando? Você e essa sua mania de dormir de olho aberto!

– Eu só tava pensando, vó... foi mal.

– Você e as suas caraminholas! Agora preste atenção: o Doutor Fanhoto trouxe uma amostra de terra do Recanto das Cebolinhas. Acho que os humanos jogaram alguma mistura venenosa lá. Nada de cavoucar por ali, hein? Pelo menos até a próxima lua cheia.

– Pode deixar, vó.

– E, meu filho, me faça um favor...

Lá vinha a parte do "Haroldo cuidará disso"! Respirei fundo.

– Vá até o Espinhaço das Rosas, procure uma pétala vermelha no chão e deixe-a na entrada do Recanto das Cebolinhas. Assim todos saberão do perigo.

Normalmente eu acharia aquela missão bem chata. O Espinhaço das Rosas ficava longe do nosso cafofo, e ainda mais longe do Recanto das Cebolinhas. Mas era uma oportunidade de conhecer outros bichos e fazer novos amigos. Fiz um lanche rápido e fui.

Já estava a meio-caminho do Espinhaço quando dei de cara com um muro amarelo. Era liso e brilhante, e não importava para que lado eu olhasse, parecia não ter fim. O que era aquilo? Será que cobria todo o Jardim?

Avistei o Grilo Godoy pulando na minha direção. Talvez ele soubesse a resposta.

– Olá, seu Godoy! Tudo bem com o senhor?

– Isso é alguma brincadeira? Estamos num estado de calamidade máxima e você me pergunta se está "tudo bem" comigo? – perguntou, mexendo a cabeça de um jeito engraçado. Acho que estava me imitando. – "Tudo bem?" É claro que não está tudo bem, minhoca miolo de abacate!

O seu Godoy sempre foi meio nervoso, mas dessa vez ele pegou pesado. Não sabia se ficava ofendido ou se pedia desculpas.

– Puxa, seu Godoy, é só jeito de falar. Foi mal. O senhor sabe o que é isso?

– Não faço ideia! – disse, irritado.

Arrisquei outra pergunta:

– Onde acaba?

– Um pouco antes do Recanto das Cebolinhas, mas segue até o Espinhaço. Foi o que a Besouro Betty disse, antes de desmaiar.

– Coitada da Dona Betty. Quantos sustos! Será que consigo cavoucar por baixo?

– E como é que eu vou saber? A minhoca aqui é você, seu miolo de abacate!

Se aquele grilo mal-humorado achava que podia falar comigo daquele jeito, estava muito enganado! Tentei pensar numa resposta inteligente que fizesse ele se sentir bem mal pela rabugice. Mas demorei demais. Quando abri a boca, ele já tinha pulado pra longe.

Aproveitei minha raiva pra juntar e esticar mais rápido na direção do Recanto. Teria que ir até lá pra depois seguir pro Espinhaço, pra depois voltar pro Recanto... carregando uma pétala! Fácil! Se eu fosse uma formiga...

No caminho, vi joaninhas, grilos, aranhas, formigas, besouros e minhocas cambaleando pra longe do negócio amarelo.

– Minha Mãe Natureza! Achei que nunca mais veria a luz do dia! Por onde eu tentava sair, dava uma cabeçada nessa coisa horrível! – desabafou a Senhora Malemolência, que estava tão tonta que nem me reconheceu.

– Precisamos desbloquear a saída do formigueiro! – declarou uma formiga com as antenas tortas.

Ninguém tinha coragem de cavoucar a terra debaixo daquela coisa. Os bichos com asas avisaram que o negócio amarelo estava cheio d'água. Se você não tivesse asas ou não soubesse nadar, não conseguiria passar por cima. A maioria dos moradores tinha que dar a volta pra ir de um lado ao outro do Jardim. Como o Recanto das Cebolinhas ficava no caminho, muitos bichos acabariam passando por lá. Seria um envenenamento geral! Precisava me apressar. Se ao menos eu conseguisse voar...

Estava desviando de um cogumelo quando escutei uma voz abafada.

– Socorro... socorro... não consigo me mexer...

O gemido vinha de debaixo do negócio amarelo.

– Socorro... Alguém me ajude...

O que eu podia fazer? Só um maluco pra se enfiar debaixo daquilo.

– Alguém me ajude... por favor...

Comecei a me esticar pra ir embora, mas não consegui.

– Tô indo! Aguenta aí! E continua falando – gritei de volta, contrariado.

Cavouquei atrás da voz até esbarrar numa coisa pontuda. Era a pata de uma aranha.

– Ah... você me achou...

A gente estava espremido entre o chão e o negócio amarelo. Fui me esticando ao lado da aranha, tentando abrir espaço na terra. Demorou pra gente sair. Fiquei todo dolorido.

– Oh, muito obrigada – agradeceu a aranha com a voz fraca. –

Achei que nunca mais fosse sair dali. Estava caminhando, tranquila, quando de repente essa coisa caiu do céu... Nunca imaginei que algo assim pudesse acontecer no Jardim. Éramos tantos, o dia estava tão lindo...

A coitada da aranha continuou, agitada, descrevendo os pedidos de socorro, os gemidos e choros que ouviu enquanto estava presa. De repente parou, me examinou de cima a baixo e disse:

– Você não me parece muito bem.

– Eu tô... tô legal... – disse, me sentindo péssimo.

Tudo doía. A cabeça girava. Via duas aranhas em vez de uma.

– Eu nem me apresentei. Sou a Chéli. Qual é o seu nome?

– Ha... Haroldo, mas pode me chamar de Dodô.

– Dodô. É um prazer conhecer você, Dodô. Você salvou a minha vida.

– Pra... prazer Dona Chéli.

– Você tem certeza de que está bem? Preciso voltar para a minha teia no Recanto das Cebolinhas. Minhas filhotinhas estão prontas para romper os casulos. Quero estar lá para me despedir.

Minha cabeça clareou de repente.

– Recanto das Cebolinhas! Preciso avisar os bichos que a terra de lá está envenenada!

– Envenenada? Precisamos correr!

Correr? Eu mal conseguia falar...

– Acho melhor a senhora ir na frente – disse, me esticando com dificuldade. – Vou atrás e aproveito pra avisar os bichos que estão indo naquela direção.

Não precisei falar duas vezes. A aranha pôs as oito patas em movimento e desapareceu. Nunca vi um bicho se recuperar tão rápido de um quase esmagamento. Enquanto isso, eu juntava e esticava como uma minhoca velhinha e alertava os bichos:

– Atenção, a terra do Recanto das Cebolinhas tá envenenada! Avisem os outros.

Quando finalmente cheguei, o sol estava se escondendo atrás do

Muro. Fiquei aliviado ao ver que os avisos tinham funcionado. Cinco besouros vermelhos faziam guarda em frente ao Recanto, alertando a bicharada. Na sombra da laranjeira, que ficava próxima, formigas--cortadeiras montaram um hospital de campanha pra onde os bichos que tiveram contato com a terra eram levados. Uma equipe de louva-a--deus tratava os doentes. No alto, Dona Chéli encaminhava as filhas por um fio que terminava num arbusto mais pra lá do Recanto.

De repente a minha tontura voltou. Achei um cantinho seguro debaixo de uma casca de laranja e dormi.

Quando acordei, o sol já estava alto e eu me sentia bem melhor. Me estiquei pra fora e avistei os besouros vermelhos, ainda de guarda. Dona Chéli enrolava uma mosca em sua teia.

– Bom dia, Dona Chéli! Como estão as suas filhinhas? – perguntei.

– Já ganharam o mundo! – respondeu a aranha, lá do alto. – E você, Dodô? Como está? Não parecia muito bem quando o deixei. Fiquei preocupada.

Então ela foi até o arbusto, teceu um fio e desceu pro chão. Veio até mim e me abraçou com os oito braços. Era a primeira vez que uma aranha me abraçava. Pinicou.

– Se não fosse por você, minhas filhinhas teriam sido envenenadas e eu estaria seca embaixo desse... ué, pra onde foi?

O negócio amarelo tinha desaparecido! Em seu lugar, vimos plantas amassadas e bichos imóveis. Pelotões de formigas removiam os sobreviventes.

Emocionada, Dona Chéli disse:

– Pobres coitados...

– Por que será que isso aconteceu?

– Quem sabe por que as coisas acontecem, Dodô?

Olhei pro Recanto das Cebolinhas e notei que os besouros mal se aguentavam em pé.

– Melhor eu ir pegar umas pétalas no Espinhaço pra liberar a besourada.

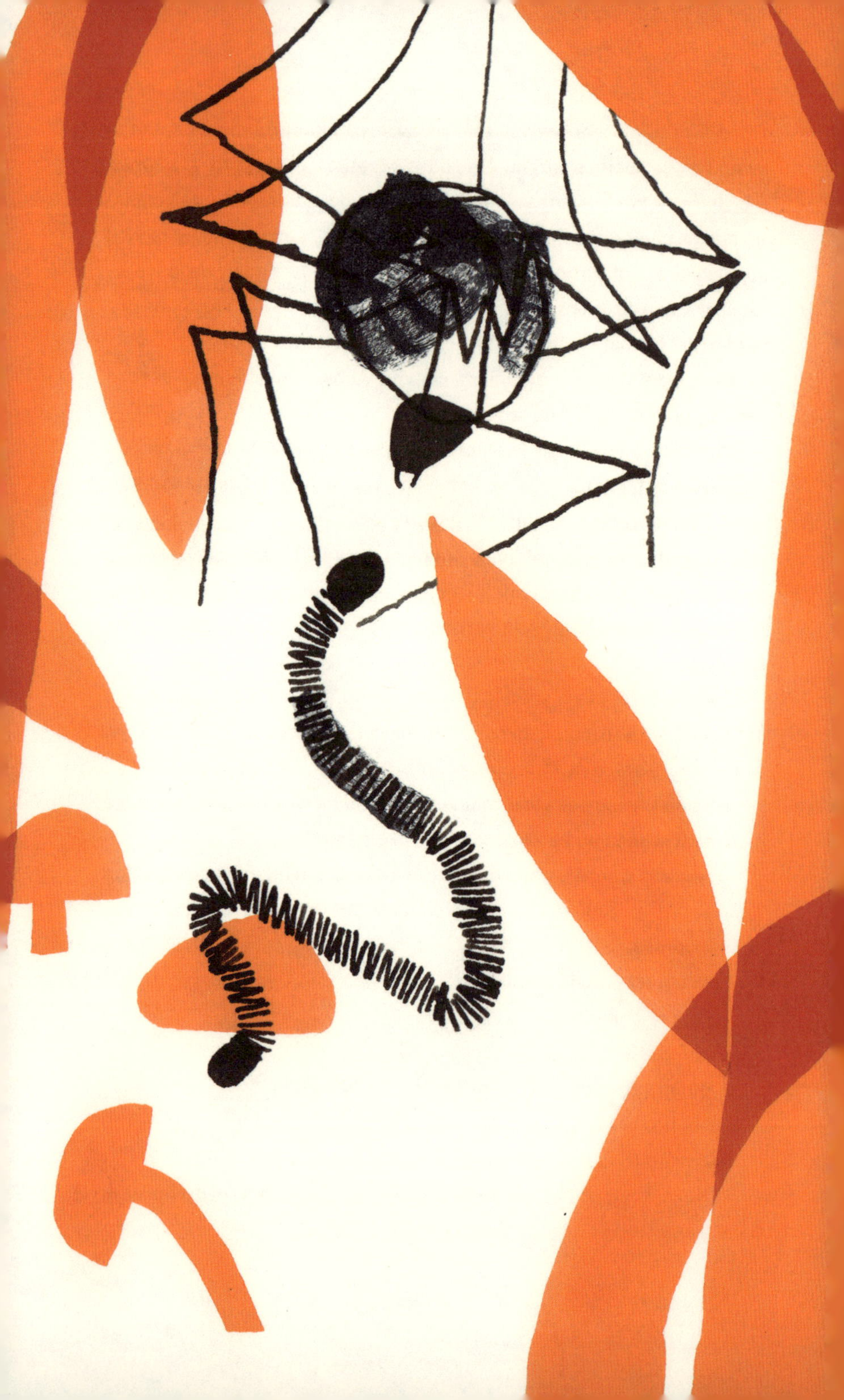

– Vou avisá-los que em breve poderão descansar.

– Ah, se ao menos tivesse asas... Teria voado sobre o negócio amarelo ontem mesmo, trazido as pétalas e tudo já estaria resolvido.

– E eu faria parte dessa paisagem de bichos esmagados.

– Me desculpe, Dona Chéli. Eu não quis... quero dizer...

– Não precisa se desculpar, Dodô! Quem nunca sonhou ter asas, não é?

– O Tunes.

– Tunes?

– Um amigo e uma longa história – disse, suspirando. – O problema é que na nossa turma, tirando o Quelei, que é caracol, a galera toda tem asas: a Belhuda, que é abelha, e a Liby e as irmãs, que são libélulas. Aí elas passam o dia brincando de roda no Lago das Libélulas e eu fico só olhando. Finjo que não ligo, mas a verdade é que eu morro de vontade de brincar. Até sonho com isso.

– Mas, você é...

– Eu sei, eu sei. Eu sou uma minhoca. E minhoca só voa se for na barriga de um emplumado.

Eu me despedi da Dona Chéli e juntei e estiquei até o Espinhaço. Achei várias pétalas vermelhas no chão. Fui até o formigueiro mais próximo e pedi a ajuda de um pelotão pra levar tudo até o Recanto.

Quando cheguei em casa, o céu estava pintado de rosa. Vovó parecia zangada.

– Haroldo, onde você se meteu? Soube que um objeto não identificado tirou a vida de vários bichos e plantas do Jardim. Pensei que você tivesse virado fita!

– Foi mal, vó. Com aquele negócio no meio do caminho, tive que ir até o Recanto das Cebolinhas primeiro. Acabei dormindo por lá.

– Acabou dormindo? Eu disse que não tínhamos tempo a perder!

Contei pra vovó sobre a Dona Chéli.

– É vó, a coisa foi feia! Vi muitos bichos esmagados. Os bichos mais duros foram os que mais... Vó! O Quelei!

O Cara era tão lento, e andava tão distraído que era bem capaz de ter ficado preso debaixo daquela coisa. "Creuk, creuk!", pensei com um arrepio.

– Vou ver se o Cara tá bem.

– Eu já falei para você parar de bancar o herói! Um dia desses acaba virando suco!

– A senhora já falou pra eu virar uma minhoca de verdade, fazer algo da minha vida, passar menos tempo chutando um barro com a galera, mas... hum... que eu me lembre nunca falou nada sobre ser herói, não.

– Se não falei, estou falando agora. Pare de bancar o herói, Har... Dodô. Estou muito velha para ficar levando sustos. Entre em casa e descanse. Vai que a coisa amarela volta...

– Mas uma minhoca de verdade...

– Chega, Haroldo! – disse, entrando no cafofo.

É. Era difícil agradar a vovó.

Queria obedecer, mas o Quelei não saía da minha cabeça. E se ele estivesse só um pouco achatado? Com a conchinha arranhada? Precisando da minha ajuda? Ele podia estar gemendo, chorando, chamando por mim...

– Doudôu.

É, desse jeito mesmo.

– Doudôu!

Ué? Será que eu estava ficando doido?

– Doudôu!!!

Virei e dei de cara com o Quelei.

– Cê tá inteiro! – comemorei. – Achei que... sabe como é: creuk, creuk...

O Cara começou a chorar, vibrando a conchinha.

– Ou bi-bichou-e-e-quilibristau pegou-u au mi-mi-mi-minhaumaudau! E... e... e... de-de-desencauraucoulou elau!

– Cara, só entendi "mi-mi-mi". Ó, para de chorar. Respira fundo e tenta de novo.

– Ou... bichou... desencauraucoulou minhau cauraucoulounau!

– Um equilibrista desencaracolou a caracolona? Cara, como desencaracola um caracol? Cê tá querendo dizer que ele pisou e quebrou a conchinha dela? Fez creuk-creuk?

Não dá pra repetir exatamente o que o Quelei falou porque ele começou a soluçar e o negócio enrolou de vez. Depois de respirar e repetir várias vezes, eu entendi que a caracol que o Quelei namorava tinha sido esticada, desencaracolada, sei lá! Agora estava jogada no chão, chorando. O Quelei pediu que eu fosse com ele ajudar a caracolona.

– Tá bom Cara, mas antes preciso avisar minha vó – expliquei e continuei no mesmo tom de voz: – Vó, vou dar uma voltinha com o Quelei, tá?

– Auchou que elau naum ouviu.

– Mas, você me ouviu avisando, né? – disse, sabendo muito bem que a vovó não tinha me escutado. – Se ela perguntar, diz que eu avisei, tá bom?

E o Quelei saiu rastejando do jeito de sempre. Lento, lento... e sem ginga.

– Vamos, Quelei. Acelera!

– Tôu indou, tôu indou...

Quando chegamos perto da parte do Muro que ficava mais pra lá do abacateiro, vimos o Cabeça de Ovo jogando água nas plantas. Ficamos olhando de longe.

– Cadê a caracolona desencaracolada?

– Vou-voucê na-naum es-táu-tau veeeeen-vendou?

– Cara, só tô vendo o Cabeça de Ovo.

– Ele estau seguraundou a minhau amaudau pe-pe-pelou pescoucinhou! Elau estau chou-chou-chourando mauis dou que nun-nuncau!

– Cara, aquilo ali é uma mangueira! Aprendi com o Doutor F. na lição, "Apetrechos Equilibristas Usados no Jardim". Serve pra dizer pra água aonde ela deve ir. Olha ali: o finalzinho dela tá grudado naquela coisa que sai do Muro. Tá vendo? Aquilo é uma... como era mesmo? Uma tormeira... ou era torneira? Não lembro. Mas é de onde a água vem.

Não sei como, mas te juro que é dali que vem essa água toda – disse, orgulhoso do meu conhecimento, e aí me ocorreu uma ideia: – Cara! Será que o Muro é recheado de água?

O Quelei não estava nem aí pra minha possível descoberta.

– Entaum, entaum... elau naum tauvau chouraundo de emouçaum pour causau dous meus pouemaus?

– Aí, Cara, deve ter ficado água na mangueira, sei lá. Pingou. Quando os equilibristas não usam, fica enrolada. Não é bicho, não.

– Elau erau dou taumaunhou certou paurau mim!

– Acho que você precisa procurar um bicho que entenda de cabeça de caracol, pra te ajudar com essa sua mania de querer tudo grande... concha grande, namorada grande...

Ele me olhou, magoado. Acho que peguei pesado. Tentei consertar:

– E quem sou eu pra falar? Uma minhoca com mania de querer voar. Acho que nós dois precisamos de ajuda – disse, sorrindo.

Pra minha surpresa, o Quelei murmurou um "hum, hum" rápido e se mandou. Isso mesmo! Disse "hum, hum" e foi, sem "tchau" nem nada. Fiquei olhando. Ele se aproximou de uma plantinha arredondada, enfeitada com uma flor laranja. Ela era bonita, com várias folhas pontudas que cresciam no formato de um... caracol!

– Cara isso é uma planta! – gritei.

O Quelei não ouviu. Ou não quis ouvir, sei lá! Acho que pra ele não importa se a namorada é uma mangueira ou uma planta. O Cara é apaixonado pelo amor... e, de longe, parecia bem contente em chutar um barro com a planta silenciosa.

Voltei pra casa torcendo pra não encontrar a vovó. Entrei sem fazer barulho. Cansado, me acomodei no meu canto e dormi.

No dia seguinte, vovó me acordou cedo.

– Dodô, acorda!

– Tô com sono...

– Acorda, meu filho. Hoje é seu aniversário!

Abri os olhos na mesma hora. Taí um dia que eu curto! Posso fazer o que eu quero, comer o que eu gosto, chutar um barro o dia todo. Só não dá pra ficar dormindo...

– Chamei os seus amigos para virem comer torta de casca de banana preta. Se estique! Não vai querer receber os seus colegas todo amassado.

Bocejei e comecei a imaginar o que vinha pela frente. Seria um dia perfeito! A gente ia se acabar de comer torta e passar a tarde chutando um barro. Além disso, tinha uma cigarra estreando à noite. Se a música fosse boa, daria até pra dançar! Me estiquei feliz e espiei lá fora. O céu estava todo coberto com nuvenzinhas brancas, do jeito que eu gosto.

Saí pra esperar a galera. Não parava de sorrir. Imaginava os meus amigos chegando, fazendo festa, me desejando coisas boas. Depois a gente ia comer, falar besteira, ficar de boa. Imaginei a mesma coisa um montão de vezes, até que uma caraminhola intrometida se enfiou na festa dos meus pensamentos: "E se eles não aparecerem?", ela sussurrou. Aí a festa acabou.

– Eles se esqueceram de mim... – murmurei.

Vovó chamou do cafofo:

– A torta está pronta! Onde estão os seus amigos?

Não sabia o que dizer. Senti vergonha. Da próxima vez que eu quisesse me arriscar por um amigo, vovó ia me lembrar do dia em que ninguém apareceu pro meu aniversário.

– Eu... hum... o Quelei deve tá atrasando a galera – gritei de volta.

– Daqui a pouco aparecem!

– Ahã.

Mas ninguém apareceu, nem dali a pouco nem dali a muito. Vovó subiu com um pedaço de torta.

– Experimenta, veja se ficou boa.

– Melhor esperar, vó. Não dá pra cantar "Parabéns" com uma torta pela metade.

– Talvez tenham esquecido. Desde que os equilibristas voltaram, a vida no Jardim anda muito corrida. Venha comer, meu filho.

Dei uma mordida e engoli com dificuldade. A torta estava coberta de tristeza.

Tinha decidido me enfiar na terra e nunca mais sair, quando Luly, a irmã caçula da Liby, apareceu. Finalmente!

– Luly! Tô esperando vocês há um tempão! Cheguei a pensar que tinham esquecido – disse, rindo sem graça.

– Claro que não, Dodô! Feliz aniversário! Olá, Dona Ana Elídea! As libélulas e a Bê pedem desculpas, mas o dia tá tão nublado que elas resolveram ficar brincando de roda lá no Lago. Perguntaram se dava pra levar a torta até lá.

– Eu... acho que... não sei...

Aquilo me pegou de surpresa.

– Decide logo, Dodô. Preciso voar de volta – disse, e continuou, mal-humorada:

– Sempre sobra pra mim ficar levando e trazendo recados. Só porque sou a caçula!

Ignorei o comentário da Luly.

– Cadê o Quelei?

– Tá lá, debaixo daquela plantinha que parece um caracol. Nem sabe que dia é hoje. Bom, já vou indo! Nos vemos no Lago... quero dizer... te vejo na beira do lago. Tcha-au!

E, do jeito que apareceu, se foi. Senti o meu corpo ficar rosado e ainda mais mole. Aquele filhote de libélula! Nem esperou eu responder se ia ou não.

Meu lindo dia nublado ficou triste e cinzento. Lembrei do Tunes com saudades. Acho que ele foi o meu único amigo de verdade.

– E aí, meu filho? Quer ajuda para levar a torta até a beira do Lago?

Não entendi. Esperava que a vovó dissesse: "Viu só? Sempre soube que esses seus amigos não eram boa companhia!".

– Quer saber, vó? Não vou levar torta pra ninguém. Vou comer tudo sozinho!

Estava magoado. Magoadão.

– Se eu fosse você, iria até o Lago. O dia está tão bonito.

– Vó, não tô entendendo! Lembra do que a senhora disse no dia em que conheceu a Belhuda e a Liby? "Cada qual com o seu igual!" Disse que ter amigo muito diferente da gente não dava certo e que era melhor eu só chutar barro com outras minhocas.

– Sabe, meu filho, ajuda quando todos têm asas, ou quando todos podem viver debaixo da terra, ou debaixo d'água. Mas, às vezes, a gente descobre que tem mais em comum com uma abelha ou uma libélula do que com outra minhoca.

Lembrei da nossa vizinha, Dona Molly.

– É verdade, mas eu não tenho nada em comum com aquelas... aquelas amigas de faz-de-conta! E o Quelei é outro! Um egoísta. Só vive no mundinho enrolado dele. Daqui a pouco vai se apaixonar por uma pedra. E o Tunes? Foi embora sem nem se despedir!

– Faça como achar melhor. Mas lembre-se: essa raiva toda guardada aí na sua barriga é pior para a saúde que folha de romã. Vá até lá e diga para as suas amigas como você se sente.

– Vó, a senhora anda tão esquisita!

– Esquisita como?

– Sei lá...

Vovó deu uma piscadinha e entrou. Eu, hein? Nem sabia que a vovó sabia piscar.

Mas ela estava certa. Desde que a Luly tinha se mandado que eu só ficava imaginando a minha conversa com a galera. Pensava no que eu ia dizer e tentava adivinhar o que elas iam dizer de volta e como eu ia responder. E quando eu acabava de imaginar a nossa conversa, começava tudo de novo, e de novo, e de novo! Era melhor acabar logo com aquilo.

Saí juntando e esticando, sem a torta. Do jeito que estava nervoso, era capaz de jogar a torta na cabeça de uma delas. A ideia me fez rir.

Estava quase chegando quando vi a Lucy e a Lacy. Quando me viram, ficaram surpresas e saíram voando. Não disseram nada. Nem, um "oi" e muito menos um "feliz aniversário". É, eu devia ser um fungo pra elas. Imaginei a conversa toda de novo. Resolvi que ficaria ainda mais bravo. Decidi que ia gritar um pouco, dizer que nunca mais ia convidar ninguém pra comer torta. Ah! Ia falar: "torta, só na cara de vocês"!

Assim que passei pela Pedra Pintada, dei de cara com a Liby e a Belhuda. As duas me olharam de um jeito estranho. Pareciam nervosas. Encarei as duas, tentando lembrar de como começava a briga que eu tanto tinha ensaiado. Deu branco.

– Ih, Dodô! Você demorou! Achei que não fosse chegar nunca – Liby falou, levantando voo.

Já sabia como começar:

– Que... que EU não fosse che-chegar nunca? Vocês combinaram de ir no cafofo, lembram? Sabem do que mais? Vocês são as piores amigas do Jardim!

– Dezzzculpa Dodô! Mazzz, a gente ezzztava preparando uma zzzuperzzzurprezzza pra vozzzê!!!

Supersurpresa? Isso não fazia parte da discussão que eu tinha imaginado. Olhei em volta. Todos estavam lá, sorrindo. Até o Quelei, que vinha acompanhado de um caracol marrom. Arrependido das minhas palavras, senti meu corpo esquentar. Devia estar todo rosado. Que vergonha!

– Eu... eu não sabia... eu... pra falar a verdade, verdade mesmo, eu... sabe, não acho que vocês são as piores amigas do Jardim – disse, com um sorriso amarelo na cara cor-de-rosa.

Aí, pra dar uma aliviada no clima, brinquei:

– Bem... depende da surpresa, né?

– Vozzzê vai gozzztar! Na verdade, não foi ideia nozzza... foi da Dona Chéli aqui!

As duas se moveram pro lado e a aranha surgiu, sorridente.

– Oi, Dona Chéli – murmurei confuso. – Não sabia que a senhora conhecia a Liby e a Belhuda.

– Eu não as conhecia, mas foi fácil encontrá-las. Adorei conhecer a família das libélulas, a Belhuda, o Queleiton e a Quelly.

– Quelly?

– Minhau naumouraudau! – Quelei disse, apontando pro caracol marrom, igual a ele, só um pouco maior. – Au Quelly mourau debauixou dauquelau plauntau que paureceu um cauraucoul! – disse, chacoalhando a concha de tanto rir. – Ou voucê auchou que eu tinhau gaumaudou nau plauntau?

Todos riram. Menos eu.

– Mas... como a senhora...?

– Ora, Dodô... Eu me lembrei do que você me contou.

Nesse momento, Lyla, a irmã número cinco da Liby, apareceu:

– Tá tudo pronto!

– E você, Dodô? Prontinho? – Liby perguntou, voando em círculos.

– Prontinho pra quê?

De repente, senti uma coisa grudenta se enrolando no meu corpo. A Dona Chéli me laçou com um dos seus fios e me arremessou sobre o lago. Entrei em pânico. As caraminholas começaram a gritar, todas ao mesmo tempo. Que tipo de surpresa era aquela? Olhei pra baixo e vi a água se aproximando. Fechei os olhos e me preparei pro pior. Aí, a coisa mais estranha e incrível aconteceu: eu parei um pouco acima da água. Abri os olhos e percebi que estava deitado sobre uma enorme teia de aranha. Segurando as pontas, estavam a Belhuda, a Liby e todas as libélulas.

– Pronto pra brincar de roda? – perguntaram juntas.

Não respondi. Tinha um negócio dentro da minha garganta que não me deixava falar.

Minhas amigas, cada uma segurando uma ponta da teia, começaram a voar em círculos, cantando. Era uma cantiga que eu já tinha ouvido muitas vezes. Em dias de sol forte, eu escutava a cantoria do fundo do meu buraquinho na Pedra Pintada. Nos dias nublados, acompanhava a música da margem. Agora eu estava deitado numa teia transparente,

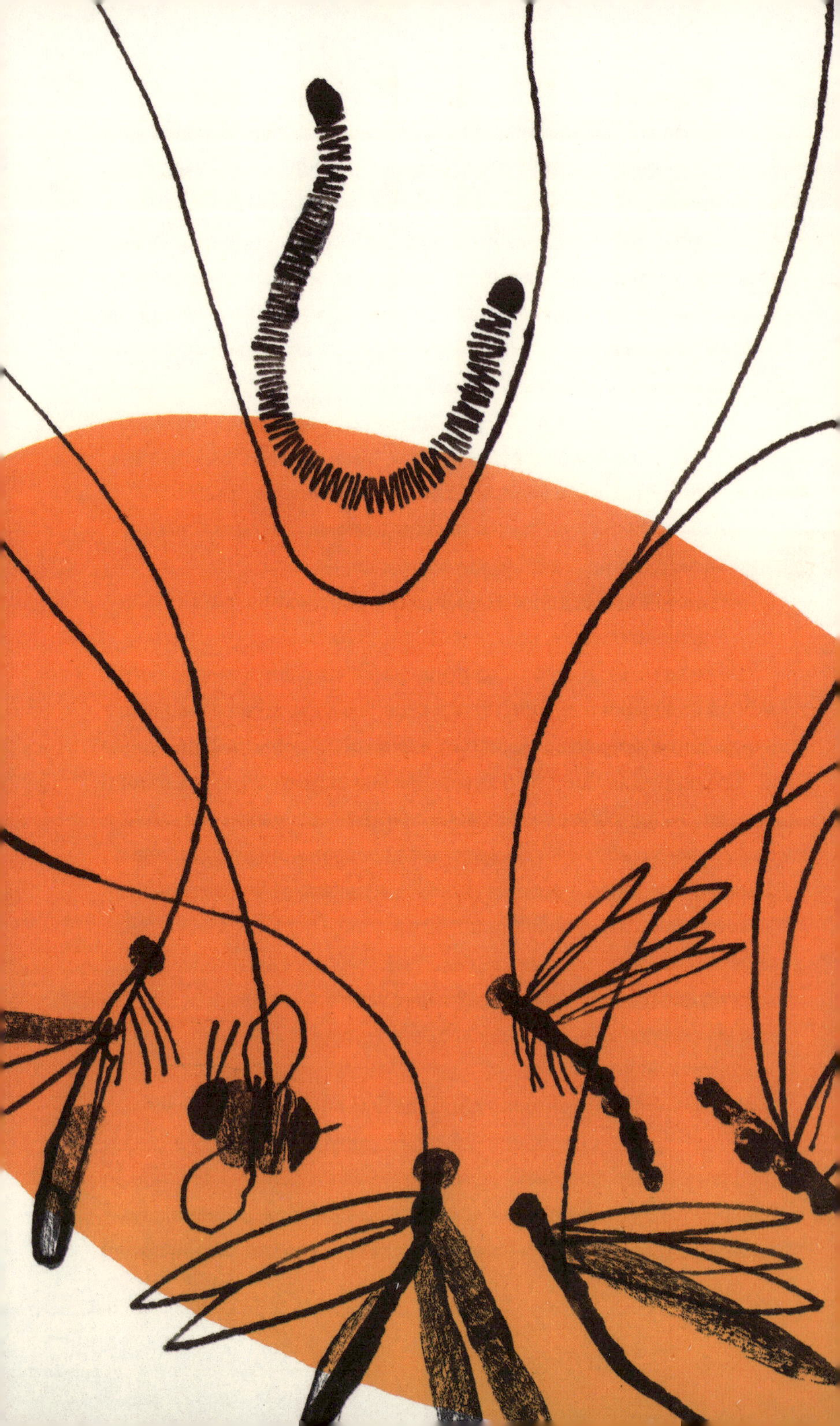

voando sobre o Lago das Libélulas, escutando aquela canção como se fosse a primeira vez. E as minhas amigas, as melhores do mundo, mudaram as palavras, só pra mim:

Dodô entrou na roda
para ver como se dança.
Ele entrou na rodadança
com asas para dançar.
Sete e sete são quatorze, com mais sete, vinte e um,
quem diria que minhoca tem tanto ziriguidum?
Se não fosse a Dona Chéli para a roda tricotar,
estaríamos todas tristes sem minhoca pra brincar.
O jardim está mais lindo; hoje é o dia do Dodô,
uma minhoca que cavouca e que voa, sim, senhor!

Rodamos e cantamos, cantamos e rodamos até eu ficar zonzo de... sei lá! Alegria? Gratidão? Era tanta emoção junta, que nem sei! Quando a Belhuda e as libélulas voaram com a teia pra fora do Lago e me colocaram no chão, senti que estava acordando de um sonho. Me levantei com um pouco de dificuldade e vi que a vovó estava ali, na beira do Lago, ao lado de uma torta de casca de banana preta inteirinha. Dona Ana Elídea sabia de tudo. Ela sempre sabe. Fui até ela.

– Vó! A senhora viu? Eu voei!
– E quem disse que minhoca não voa?

Diálogo IX

– Mãe, enche a piscininha amarela pra mim?
– Vai pôr onde?
– No jardim.
– Tudo bem, mas põe ali, ó, longe dos canteiros, onde não tem nada.

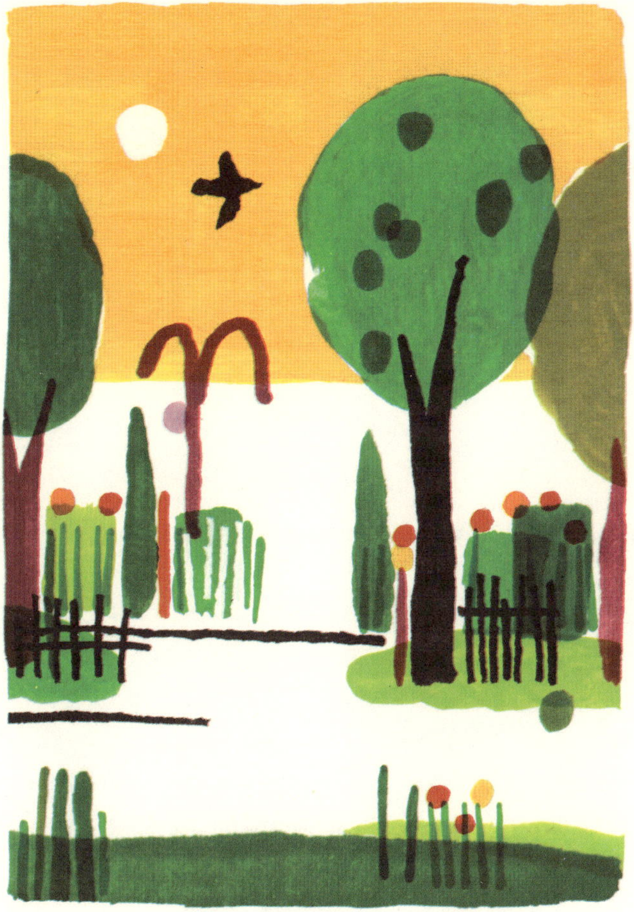

De bico fechado

Eu estava de boa, tirando uma soneca dentro da Pedra Pintada, quando...
— Dodô! Cuidado!
— Zzzéus!
Me estiquei sonolento, abri os olhos e...
Tinha uma cabeça de passarinho enfiada na Pedra!
Gelei e me juntei todo no fundo do buraco. O emplumado balançava a cabeça agitado, raspando o bico na parte de dentro da pedra. Se mexia mais que minhoca em dia de chuva. Eu me encolhi ainda mais. Não ia aguentar muito tempo todo encolhido daquele jeito!
Logo percebi que o passarinho não estava nem aí pra mim. Se ele quisesse mesmo, eu já teria virado lanche. Pelo jeito, o lance do emplumado era ficar batendo o bico na pedra. Vai ver que tinha uma pena a menos na cabeça.
Arrisquei:
— Ô, emplumado! Tá tudo bem aí?
Ele parou e arregalou os olhos. Acho que só naquele momento é que se tocou que tinha um minho enfiado no buraco.
Não respondeu.
— Olha, eu não tenho nada com a sua vida, mas se você continuar

batendo com o bico na pedra desse jeito, vai acabar ficando sem bico e isso não deve ser lá muito bom. Um bico faz falta pra um passarinho. Ele continuou me encarando em silêncio. Parecia triste.

– Se você quiser trocar uma ideia, eu tô espremido bem aqui, ó! É só chutar!

O emplumado arregalou ainda mais os olhos. Parecia surpreso. Mas continuou calado, não abria o bico de jeito nenhum.

– Você não consegue falar?

Ele bateu o bico contra a pedra com força.

– Faz assim, ó: pra responder "não", levanta o bico; pra "sim", abaixa.

Levantou o bico.

– Aconteceu alguma coisa?

Abaixou o bico.

– Quer que eu te ajude?

Abaixou de novo.

– Se eu sair daqui pra te ajudar, promete não me comer?

Não abaixou o bico, mas tirou a cabeça da pedra.

– Hum... só pra ficar claro: isso quer dizer "sim"? – gritei lá de dentro.

Botou a cabeça de volta, abaixou o bico e voltou a sair do buraco.

Eu me estiquei com dificuldade. Aquela espremeção toda deixou o meu corpo dolorido. Quando saí da Pedra Pintada, escutei os gritos da Liby. Não eram gritos de alegria. Acho que ela nem me viu. A Liby estava tentando evitar que a doida da Belhuda fizesse uma besteira.

– Ih! Para com isso, Bê! Não aguentaria perder você também, sua abelha maluca! Se você ferroar o passarinho...

E começou a chorar.

– Zzze... zzze ezzze pazzzarinho penzzza que vai lanchar o Dodô e zzzair voando por aí, ele ezzztá muito enganado!

E não é que a Belhuda estava mesmo se preparando pra deixar o ferrão e a vida no emplumado? Ela voou até o outro lado do Lago, deu meia-volta e começou o ataque. Gritei com todas as minhas forças:

– Bê! Olha eu aqui!!!

Acho que ela me ouviu, porque tentou brecar no meio do caminho, mas rodopiou no ar e caiu no Lago. Escutei um "tibum" baixinho, mas não sabia se era a Bê ou o meu coração afundando. Liby e as irmãs voaram até lá e eu me esforcei pra alcançar a margem. A ideia de perder a Belhuda me deixou pesado de tristeza, difícil de esticar. Quando cheguei, ela estava caída, rodeada pelas libélulas.

– Ih! Cuidado com a asinha dela!

– Foi mall! É que a antena da Bê entrou no meu olho – explicou Luly, piscando.

– Quando a Rainha A. Beya souber dessa história, a Belhuda vai ficar um tempão sem sair da colmeia – lembrou Lucy, preocupada.

As libélulas começaram a bater as asas pra secar a Belhuda. Assustado, eu esticava e juntava de um lado pro outro. Resolvi criar uma lista das coisas que faria se a Belhuda ficasse boa: não sair de casa sem avisar a vovó, comer só uma torta de casca de banana preta por lua, não ligar pros atrasos do Quelei, prestar mais atenção às aulas do Doutor F. Quem sabe a Mãe Natureza acreditava na minha vontade e dava uma forcinha?

Já tinha perdido a conta de tudo o que incluí na lista, quando a Belhuda começou a se mexer. Bateu as asas devagar e com muita dificuldade se levantou. Dei pulos de minhoca, juntando e esticando pra cima. As libélulas vibraram de alegria.

– Dodô? É vozzzê mezzzmo? – murmurou, me examinando com os olhos apertados.

Fiz que sim, emocionado demais pra falar.

– Que bom que vozzzê ezztá aqui! – disse, sorrindo aliviada. De repente, ficou séria e sussurrou: – Ou zzzerá que nózz ezzztamozzz... lá?

– Estamos todos aqui! – gritaram as libélulas, contentes.

Belhuda se esforçou pra sorrir, mas alguma coisa atrás de mim chamou a sua atenção. Ela deu um zumbido agudo e ficou imóvel, as asas murchas. As libélulas arregalaram os olhos. Virei pra ver o que era e dei de cara com o emplumado amarelo do bico fechado.

– Tá tudo bem, pessoal! Ele é meu amigo, tá precisando de uma forcinha.

– Zzze eu fozzze vozzze, não confiava num pazzzarinho...

– Forcinha com o quê? – perguntou a Liby.

– Esse é o problema. Não sei. Ele não abre o bico.

– Seja o que for, deve doer. Olha só pra cara dele – observou Luly.

O bicho estava com uma cara ruim mesmo, parecia que ia chorar. A cabeça estava jogada pro lado e as enormes asas arrastavam no chão. De repente fechou os olhos e tombou, fazendo um barulhão. Levamos um baita susto!

Liby e eu nos aproximamos com cuidado.

– Ih! Olha só!

Tinha uma coisa azul na ponta do bico do passarinho.

– O que é isso?

Liby chegou mais perto e cutucou a coisa azul com a patinha.

– Não sei, mas é grudentinho.

– Vai ver que é por isso que ele não abre o bico.

Belhuda se juntou a nós.

– Zzze não abrir o bico, vai morrer.

O emplumado deve ter escutado, porque gemeu e mexeu uma das asas.

– Prometi ajudar. Vou tirar esse negócio do bico dele! – anunciei me esticando na sua direção, o coração batendo forte.

Era incrivelmente emocionante e terrivelmente assustador chegar tão perto de um bico. Estava quase tocando nele quando uma das minhas caraminholas, a mais desconfiada, perguntou: e se for tudo enganação? Talvez o emplumado gostasse de brincar com a comida. Quem sabe?

Congelei.

– Dodô, parado dezzze jeito vozzzê não vai fazzzer nada.

Balancei a cabeça pra silenciar a caraminhola e me concentrei em tirar um pedacinho da coisa grudenta.

– Além de grudento, é duro – disse, fazendo um esforço pra me desgrudar do bico. – Acho que só cortando...

151

— Precisamos de uma cortadeira! — sugeriu Luly.

— Como? Elazzz zzzó fazzzem o que o formigueiro manda.

— Não custa tentar — eu disse.

Ficou decidido. As libélulas cuidariam do passarinho enquanto a Liby e eu iríamos atrás de uma cortadeira. A Belhuda, que ainda estava um pouco tonta, também ficaria no Lago.

Não demorou pra encontramos um pelotão. Enfileiradas, elas desciam o caule de uma roseira, cantando:

— Um, dois, três, cortamos sem timidez! Dois, três, quatro, a roseira tá no papo! Três, quatro, cinco, nossos fungos são famintos! Quatro, cinco, seis...

— Com licença, será que vocês poderiam acompanhar a gente até o Lago das Libélulas? É uma questão de vida ou morte — expliquei.

As formigas continuaram marchando.

— Vocês são as únicas que podem nos ajudar — insistiu Liby.

A fila seguia e a cantoria também:

— Sete, oito, nove, só o trabalho nos comove. Oito, nove dez...

— Não tem jeito...

— Vamos voltar, Dodô. Quem sabe no caminho a gente encontra outra solução?

— O emplumado não vai aguentar — respondi.

— Coitado...

— Coitado.

— Coitado! — exclamou uma vozinha desconhecida.

— Quem disse isso? — perguntamos ao mesmo tempo.

Mas não tinha ninguém ali, só um pedaço de pétala de rosa que alguma formiga deixou cair.

— Eu? — perguntou a mesma vozinha.

Então, a pétala tremeu e uma cortadeira minúscula apareceu.

— Eu! Que legal! Eu nunca disse "eu" antes! Eu, eu, eu! Eeeeeeu!

Liby me olhou, espantada. Qual era a daquela formiguinha?

— Eu queria saber o que é um emplumado.

Será que ela nos ajudaria?
- Emplumado é passarinho. E eu tenho um amigo passarinho que comeu alguma coisa que grudou no bico dele. Ficou de bico fechado. Não fala, não come, nem bebe. Se a gente não fizer alguma coisa, ele não vai aguentar. Você poderia ajudar?
- Você... eu? Eu não sei... nunca decidi nada sozinha. E chegar perto de passarinho é contra a regra n° 1902141059 do formigueiro!
- Mas esse emplumado é de boa. Olha só... hum, qual é o seu nome? - perguntei.
- FCOP52765332!
- Eu sou o Dodô e essa é a Liby – disse, apontando a cabeça pra Liby, que sorriu para a formiga. Continuei: – Olha só, FOP57... Puxa, que nome difícil! Olha só, formiguinha, não temos muito tempo. Acompanha a gente e vai se decidindo no caminho, pode ser?

A formiga olhou pra pétala de rosa.
- Podem me chamar de Rosa! Rosa! Rosa!
- Ih! Gostei do seu nome! Vamos, Rosa?
- Eu, Rosa, decidi! Vou com vocês! Ah! Isso é maravilhoso!

E lá fomos nós. A cada passo, Rosa respirava fundo e dizia que ela tinha decidido dar aquele passo, que ela tinha decidido olhar pro céu, que ela tinha decidido admirar uma árvore, que ela tinha decidido conversar com uma minhoca e uma libélula, e que ela tinha decidido ajudar um passarinho, mesmo sendo contra a regra 190... ah! contra alguma regra do formigueiro.

Na volta, encontramos a Belhuda, que vinha voando cheia de energia. Nem parecia que quase tinha se afogado.
- Dodô, zzze aprezzze! Zzzeu pazzzarinho ezzztá pazzzado.
- Conseguimos, Bê! A Rosa vai cortar o negócio grudento! – comemorei.
- Rozzza?
- Rosa, a formiguinha-cortadeira – explicou Liby.
- Muito prazer, eu sou a Rosa! Eu mesma decidi me chamar assim!

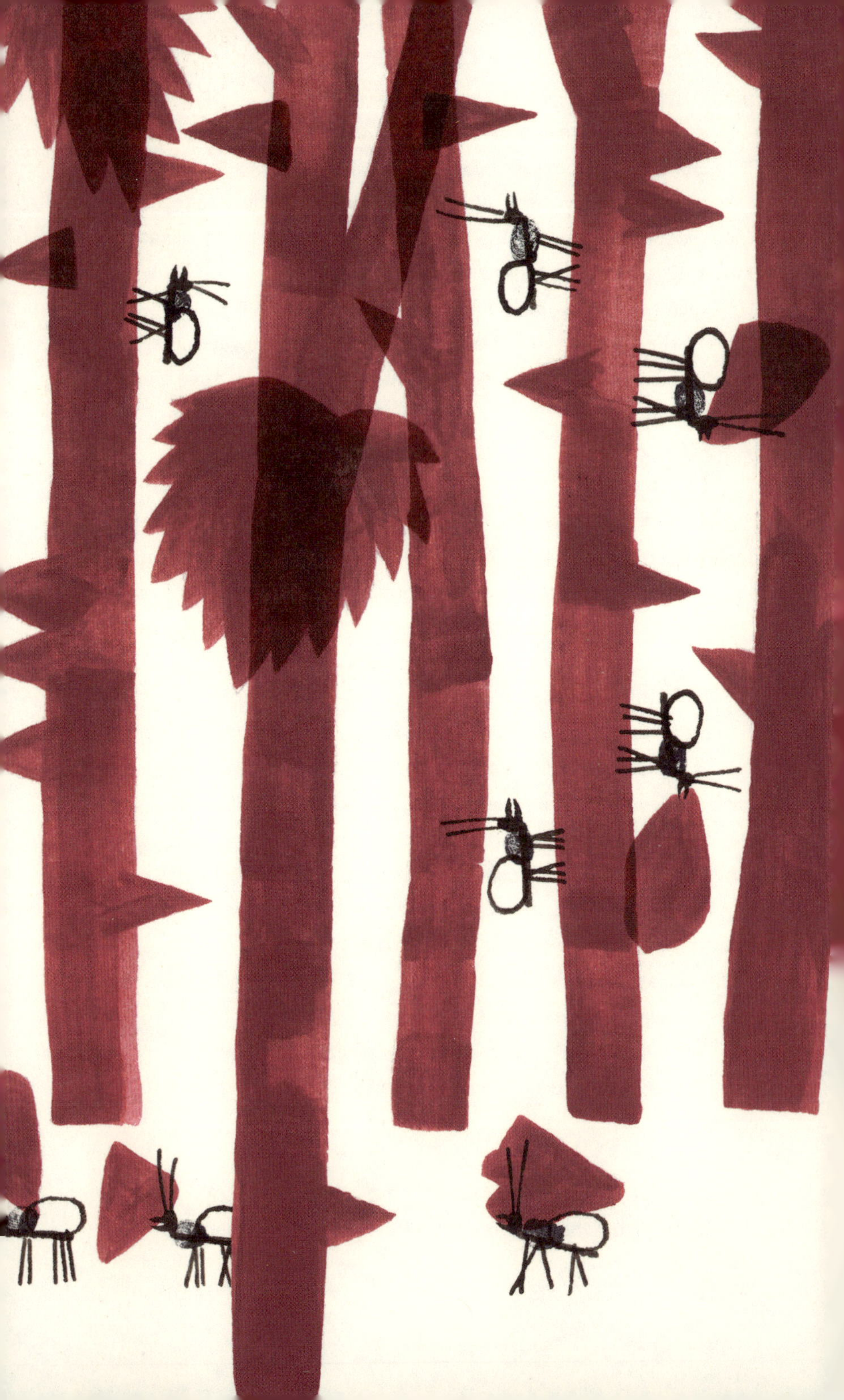

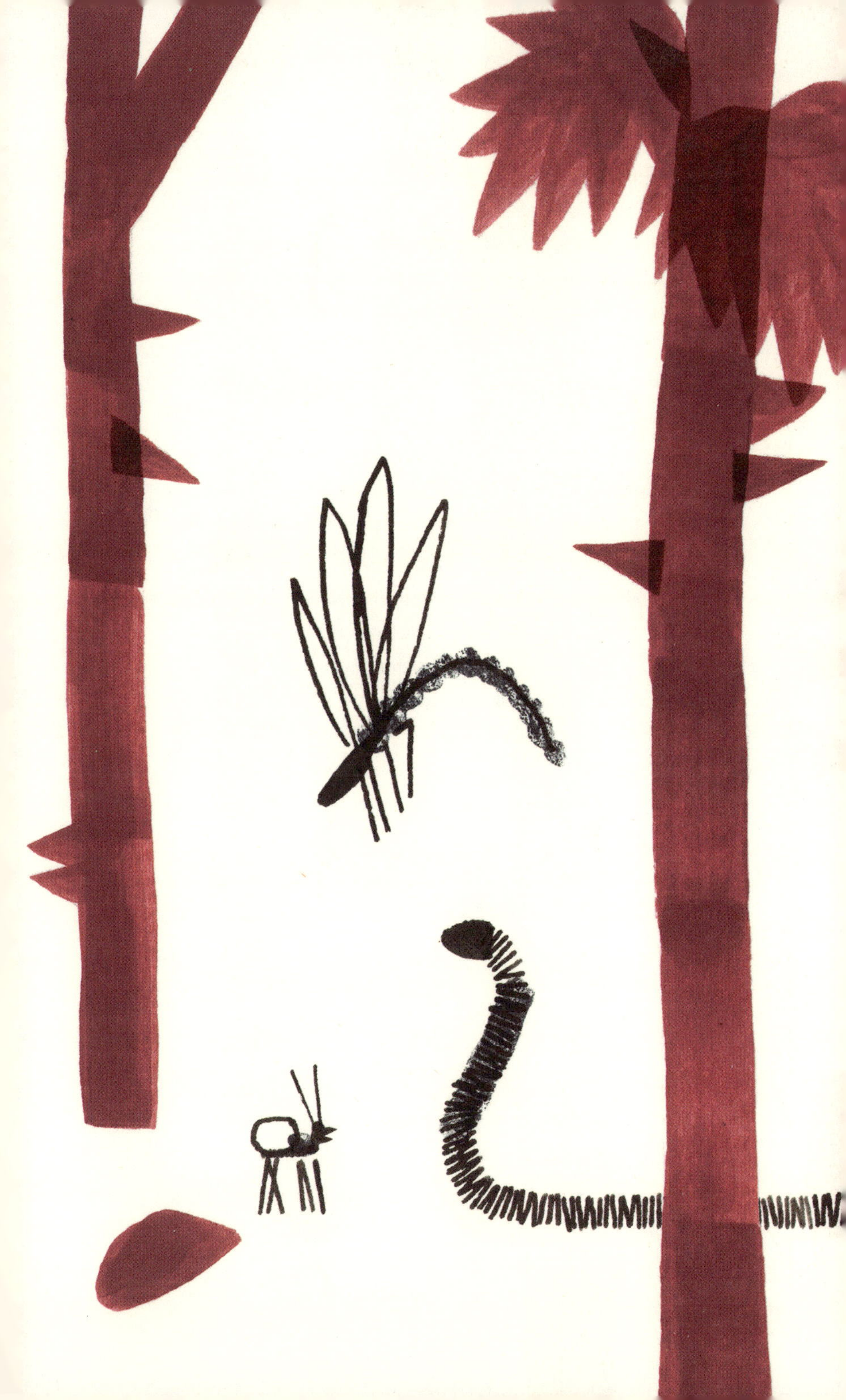

E eu decidi acompanhar o Dodô e a Liby, porque eu decidi ajudar um emplumado e eu decidi falar com você!

Belhuda arregalou os olhos.

– Depois a gente explica – sussurrei.

Quando chegamos, o sol já estava alto. Sem poder mover o emplumado, as libélulas molhavam as asas no Lago e depois respingavam sobre ele. Levamos Rosa pra perto do bico.

– Tá vendo essa coisa azul? Será que você consegue cortar?

– Eu decido tentar!

E lá se foi a formiguinha, sem pensar duas vezes, pra cima do bico. Ela se esforçou, mas era tão pequenininha que o trabalho não rendia. Naquele ritmo, o emplumado abriria o bico só dali a duas luas cheias.

De repente, Rosa parou.

– Não conssigo mais – disse, apontando pra própria boca. – Gludou.

Começamos a falar todos ao mesmo tempo, mas ninguém tinha um plano. Pra piorar a situação, o calor aumentava.

De repente, um pelotão de cortadeiras se aproximou. A porta-voz anunciou:

– FCOP52765332, viemos escoltá-la até o Formigueiro C527. Reintegre-se ao pelotão imediatamente ou será considerada uma desertora!

E agora? Seria o fim do "eu decidi isso", "eu decidi aquilo". Pobre Rosa! Mas, pra nossa surpresa, ela ficou contente. Quando falou, a sua voz ainda estava esquisita.

– Pussa fida! Focês sentilam a minha falta! Assei que nem iam notal que eu tinha ido embola.

A porta voz respondeu:

– Desde que você sumiu, a FCOP52765333 ficou desorientada, e por consequência a FCOP52765334, a FCOP52765335, a FCOP52765336, a FCOP52765337, a FCOP52765338, a FCOP52765339, a FCOP52765340, a...

– Desculpe interromper, senhora dona porta-voz, a FCPO... quero dizer, a Rosa aqui, tava ajudando a salvar a vida deste passarinho. O bico dele tá grudado e ele não consegue comer ou beber. Será que vocês poderiam dar uma forcinha?

As formigas me olharam, confusas. Rosa se aproximou e cochichou:

– As folmigas só palticipam de missões que azudam o folmigueilo. É a legla nº 1.

– Mas quando o negócio amarelo caiu no Jardim as cortadeiras ajudaram. Eu mesmo vi elas carregando os bichos machucados.

– Folam oldens da salgento lesponssável pol lelações públicas. Nunca entendi dileito o que ela fassem. Mas devia sel bom plo folmigueilo.

Olhei pro emplumado. Coitado! Apesar de grande e forte, ele... Claro!

– Formigas! Prestem atenção! – gritei, tentando engrossar a voz. – Pensem bem! Com quem vocês podem contar hoje? Só com outras formigas. Todas pequenininhas. Imaginem como seria ter um emplumado grande, forte, com asas, bico... como amigo.

E não é que funcionou? Nem precisei inventar nada.

O pelotão se dividiu em dois grupos. O primeiro grupo formou uma fila que subia pelo bico, cortava pedaços de coisa grudenta, descia e cuspia. Depois de cuspir, as formigas iam até o segundo grupo, que tinha o trabalho de tirar os restos de coisa grudenta da boca da companheira, pra que ela não ficasse de boca fechada e assim pudesse voltar ao final da fila do primeiro grupo e começar tudo de novo.

A pequena Rosa, depois de ter sua boca limpa por outra formiga, encontrou o seu lugar entre as companheiras FCOP52765331 e a FCOP52765333 e seguiu na fila. Em pouco tempo o bico do emplumado ficou limpinho, limpinho. Mas ele não tinha forças pra se levantar.

As libélulas encheram uma grande folha com água e despejaram sobre a cabeça dele. Acho que alguma coisa escorreu pra dentro, pois o emplumado piscou os olhos e finalmente abriu o bico.

– Não sei o que faria sem vocês – piou baixinho.

– Ora, emplumado, não foi nada! Tenho certeza de que você faria o mesmo pela gente – respondi, empolgado com o clima de amizade entre bichos que nunca foram amigos.

O passarinho se levantou devagar. Continuava triste.

– Hum..., acho que não, Dodô. Esse é o seu nome, não é? Antes de tudo isso acontecer nunca tinha passado pela minha cabeça que uma minhoca fosse alguma coisa além de um lanche apetitoso. Minhocas, formigas, libélulas, abelhas... Algumas mais crocantes que outras – disse, olhando de rabo de olho pras cortadeiras.

Todos nós, comidas de passarinho, nos entreolhamos.

– Peço sinceras desculpas se já comi algum conhecido de vocês – piou, sem graça. – Mas agora que me abriram os olhos... quero dizer, o bico, acho melhor voar por aí atrás de uma fruta ou umas sementes. Faz um tempão que não como nada.

O emplumado esticou as asas e, depois de algumas tentativas, voou.

– Nem perguntei o nome dele... – murmurei.

– O que zzzerá ezzze negózzzio? – perguntou Belhuda, olhando pro montinho azul.

Alguém sugeriu que poderia ser uma fruta nova, cocô de algum bicho ou uma planta desconhecida. Na verdade, ninguém sabia. Começamos a discutir o que a gente faria se ficasse grudado numa coisa daquelas, quando a formiga Rosa se aproximou.

– Eu fiquei muito feliz em conhecer vocês! Eu preciso voltar para o formigueiro.

– Não te deram escolha, né, Rosa? Se decidir fugir um dia, a gente te ajuda – ofereci.

– Ah! Não é nada disso. Eu decidi ir com as minhas irmãs. Sem elas, o emplumado nunca abriria o bico. Juntas somos mais fortes! Entende?

– Acho que sim. Sinto o mesmo quando tô com a minha avó e com os meus amigos – respondi, pensativo. – E quando você quiser, hum... FCP2... como é que é mesmo?

– Rosa! – respondeu sorrindo. – Sou parte do formigueiro, mas também sou eu.

– Legal. Quando quiser, Rosa, vem chutar um barro com a gente. Você já é parte da turma!

– Como azzzim?

Ignorei a Belhuda e continuei:

– Tá vendo o abacateiro, a maior árvore do Jardim? Eu moro pro lado da sombra da tarde, a umas vinte folhas da pedra mais próxima do tronco. Mas presta atenção: lá tem três cafofos de minhoca, um do lado do outro. O primeiro, que fica mais perto do abacateiro, tá vazio, desde que a família do Joca se mudou. O segundo é o da Dona Molly e o terceiro é onde eu moro com a minha avó.

– Eu vou, sim! Eu prometo! – respondeu Rosa, tomando o seu lugar no pelotão.

A gente ainda estava se despedindo quando o Beto apareceu, trazendo o Quelei e a Quelly. Assim que estacionou e dobrou as patas, o Cara deslizou pra fora. Ele estava vermelho, parecia agitado.

– Vouvoucêsnaumimaugiginaumouquequequeaucounteceu!

– Vou o quê? – perguntei.

– Ih, Quelei! Fala devagarinho.

– Ou Queleizinhou é um heróui! – anunciou a Quelly, desmontando do Beto.

– Herói? Que hizzztória é ezzza?

– Auaugentetautauvauvausauindoudaudau...

– Deixa que eu countou, amourzinhou. Entaum, a gente estava saindou da Várzea, desviandou de umas sementes, quandou de repente um passarinhou pousou bem na noussa frente. E eu tenhou... tenhou... ai, me dá vergounha de dizer...

– Ournitoufoubiau! – completou o Quelei.

– Cara, cê ainda tá juntando as palavras... respira fundo – pedi.

– É issou mesmou, Doudôu: Ournitoufoubia – disse Quelly, ficando cor-de-rosa.

Ninguém entendeu nada.
– O que é ou...ou...esse negócio aí? – perguntei.
– Ournitoufoubia é medou de passarinhou – explicou Quelly, olhando pro chão.
– Ih! Acho que todos nós temos isso. Não precisa ficar com vergonha, não, Quelly.
– Eu dizzze que ezzza namorada do Quelei era ezzzquizzzita! Arrumou até um nome pra medo de pazzzarinho – sussurrou Belhuda.
– Eu naum consigou me mexer se vejou um passarinhou – explicou, já vermelha. – E quandou esse passarinhou apareceu, eu fiquei parada sem counseguir entrar na councha! Ou passarinhou chegou pertinhou de mim. Se ou Queleizinhou naum me salvasse... nem sei!
– O que você fez, Cara?
– Ourau... eu disse prau ele vouaur! Disse bem aussim, óu: "Se voucê se meter coum au gente, voucê vaui se aurrepender!".
– E aí? Ele zzze arrependeu? – perguntou Belhuda, disfarçando um sorriso.
– Eu fiz uma caurau bem feiau... aussim óu! – disse, fazendo uma careta engraçada. – Auí... claurou! Ele vouou! – completou, satisfeito.
– Boum, precisamous ir... né, Queleizinhou? Voucê ficou de me levaur para um passeiou nou Canteirou das Margaridas.
– Ué, mas vocês acabaram de chegar! – reclamou a Liby.
– Sóu viemous countaur ou que aucounteceu. Sou ou caurau mauis couraujousou dou mundou!
– Voucê é! Voucê é! – comemorou a Quelly.
Os dois subiram no Beto e seguiram na direção do Canteiro. A gente ficou em silêncio, se olhando. Foi a Belhuda quem falou primeiro:
– Zzze ninguém dizzz nada, digo eu. Zzzem chanzzze de um emplumado zzze azzzuzzztar com aquela cara engrazzzada do Quelei!
– Ai, Bê! Que maldade! Vai ver que ele fez um pouquinho diferente – sugeriu a Liby.
– Vocês não sacaram? Ele encontrou o nosso emplumado. Lembra

que a Quelly disse que eles precisaram desviar de umas sementes pra sair da Várzea? O nosso emplumado saiu daqui atrás de frutas e sementes, não foi?

– Izzzo mezzzmo! Mizzztério rezzzolvido!

– O Quelei não precisa saber disso, precisa? – perguntou Liby.

– Se ele continuar dizendo que é o caracol mais corajoso do mundo... talvez.

– Mas ele foi corajoso, Dodô... Ele não sabia do nosso emplumado. Ih! Olha lá!

O Beto estava voltando, com os caras em cima.

– Tá tudo bem? – perguntei, quando se aproximaram.

– Esqueci de dizer que se ou emplumaudou aupaurecer, é sóu faulaur ou meu noume que ele vaui embourau. Auntes de ele vouaur eu disse: "E naum se esqueçau, eu sou ou Queleitoun, naum se metau coumigou ou coum meus aumigous, senaum...", auí eu fiz auquelau caurau – disse, fazendo a careta de novo.

– Se o emplumado amarelo aparecer, a gente avisa!

– Quem faulou em emplumaudou aumaurelou?

– Ele era verde – disse a Quelly.

Diálogo X

– Filho, que história é essa de jogar lixo no chão?
– Isso não é lixo, mãe. É chiclete.
– Lugar de chiclete mascado é no lixo.
– Mas é tão pequeno, ninguém nem vê.

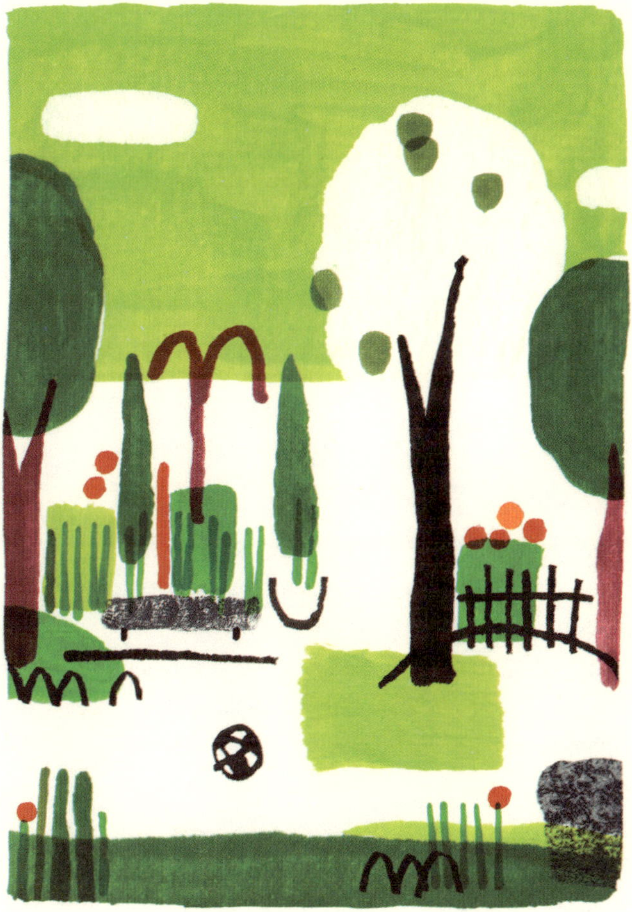

Tudo igual e diferente

– Era uma vez, pouco tempo atrás, nesse mesmo jardim, um formigueiro gigante e maravilhoso, onde morava a princesa Rosa...

– Pode parar! Vozzzê dizzze que não inventou ezzza hizzztória!

– Eu escolhi me chamar Rosa por causa da história.

– Achei que fosse por causa da petalazinha que você tava carregando quando a gente te conheceu – disse Liby.

– Nome de formiga não é pra ser complicado, tipo XYZ12345? – perguntei.

– Quer saber? Eu não conto mais!

– Pessouaul, deixau au Rousau countaur – pediu Quelei. – Tôu curiousou!

– Counta, Rousa – insistiu Quelly.

Rosa revirou os olhos e limpou a garganta.

– Nesse formigueiro maravilhoso, vivia a belíssima princesa Rosa.

– Belízzzima? Formiga é tudo igual. Como uma pode zzzer maizzz bonita que a outra?

– Você acha isso porque não entende nada de formigas. Abelha é que é tudo igual!

– O quê? Zzzomozzz muito diferentezzz! Eu e a minha mãe, por ezzzemplo. Zzzomozzz diferentezzz em tudo!

– Puxau, eu auchou voucês iguauis.
– Não zzze mete, Quelei!
Pelo jeito, aquela história não ia sair nunca. Era sempre assim: quando a Rosa dava uma escapulida do formigueiro pra chutar um barro com a gente, a Belhuda começava a implicar. É verdade que a Rosa andava meio convencida, mas ela ainda estava se "descobrindo". Não sei direito o que isso quer dizer, mas é o que a Liby fala quando a Belhuda pega pesado com a formiguinha.

Naquele dia a Bê estava especialmente implicante. Alguma coisa tinha acontecido.

– A história é da Rosa, e se na história da Rosa tem uma formiga bonitona chamada Rosa, e daí? O que é que tem? – disse, olhando pra Belhuda, que revirou os olhos e não abriu mais a boca até a Princesa Rosa, depois de uma longa batalha com os equilibristas, ser coroada Rainha de Todos os Bichos! Nessa hora, a Belhuda quase explodiu de tanto rir.

Quando escureceu e todos já tinham ido embora, o cafofo foi tomado por uma ventania. Achei que estava sonhando. A terra era jogada de lá pra cá, e o cafofo chacoalhava. Estava prestes a gritar pela vovó quando vi a Belhuda. Ela tinha se enfiado no nosso cafofo e batia as asas, tentando se livrar da terra, mas quanto mais ela se mexia, mais enterrada ficava.

– Zzzocorro! – berrou, cuspindo barro. – Como vozzzêzzz conzzzeguem viver azzzim?

– Eu sou um minho, Bê. "Vozzzê" é que não devia estar aqui embaixo.

– Para de me imitar, Dodô! Hoje não tô pra brincadeirazzz.

– Você anda muito implicante.

– Implicante é a vó!

Bem nessa hora, vovó apareceu.

– O que é que está acontecendo aqui? Uma minhoca não consegue descansar nem na própria terra?

– Oi, Dona Ana Elídea – zumbiu Belhuda, sem graça. – Vim morar com vozzzêzzz...

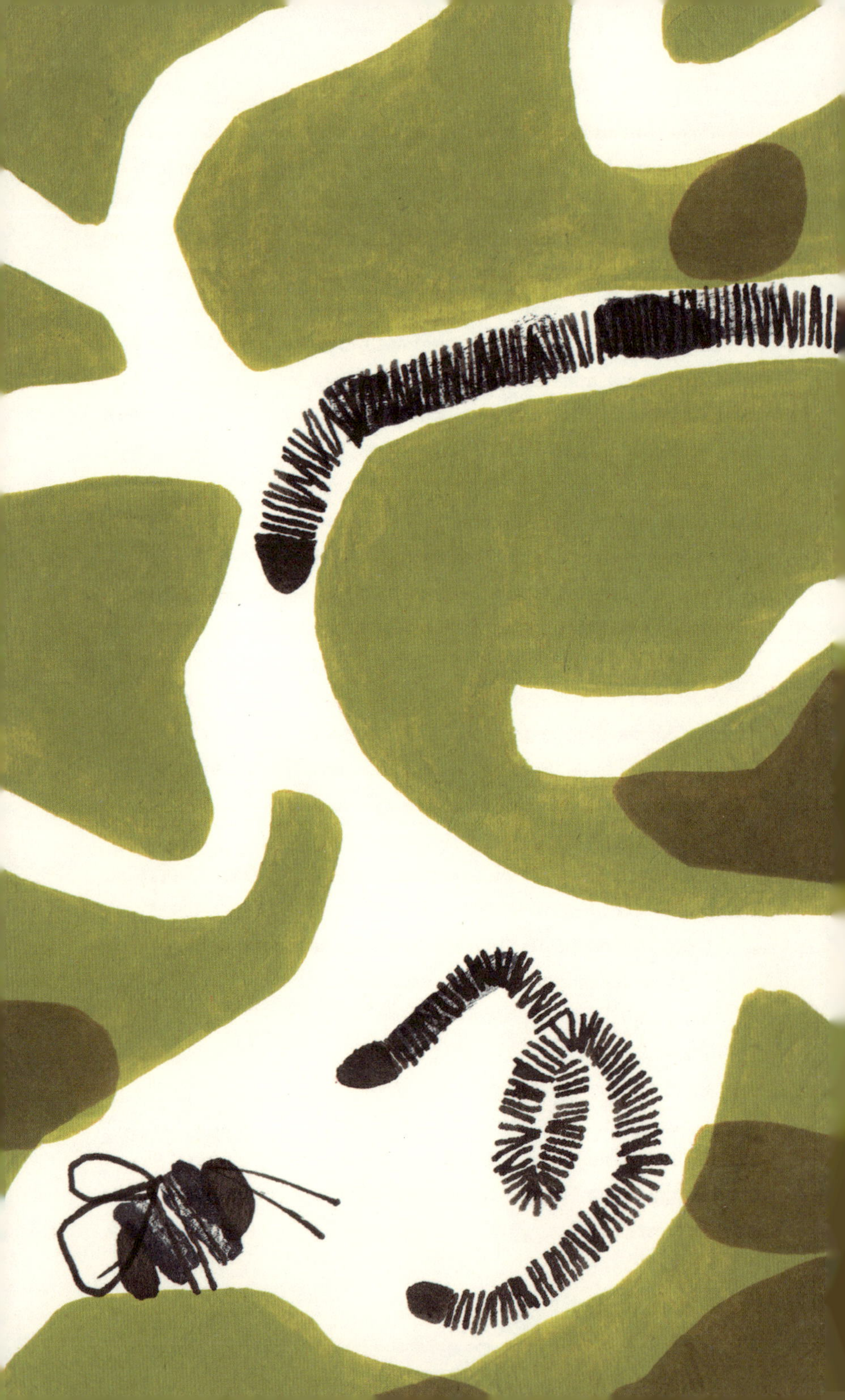

– O quê? – vovó e eu perguntamos, ao mesmo tempo.

No meio da minha surpresa, achei legal estar do mesmo lado da conversa que a minha avó. Isso nunca acontecia.

– Belhuda, você é um ser inteligente. Sabe que abelhas não foram feitas para morar debaixo da terra – vovó explicou, recuperada do susto.

– Eu já disse isso pra ela, vó – ajudei, curtindo nossa parceria.

– Não conzzzigo maizzz pra viver naquela colmeia! Minha mãe zzzó me dá azzz tarefazzz maizzz difízzzeizzz! Ela não ezzztá nem aí zzze eu trabalho demaizzz, zzze eu me machuco, zzze eu vivo ou morro! Lembra de quando me forzzzou a ir atrázzz da Coizzza? Tudo bem que não tinha Coizzza nenhuma, mazzz... e zzze tivezzze alguma Coizzza?

E a Belhuda continuou zumbindo. Tinha muitos "Zs" pra pôr pra fora.

– Não aguento maizzzzzzzzzz! – gritou.

Só parou quando engoliu uma bolota de terra, daquelas bem grandes. A coitada se engasgou pra valer. Se contorcia toda, tentando bater as asas. Empurrei ela pra fora do cafofo. Vovó veio atrás, esticando com dificuldade.

– Dodô, pula na barriga dela – sugeriu.

Dei três pulos e a Belhuda tossiu, cuspindo a bolota longe, bem na cabeça das formigas que se aproximavam.

– Eeeei! Isso dói! Quem tá jogando terra na gente!

Era a Rosa, acompanhada de outras duas.

– Rosa! Cê tá bem?

– Eu acho que sim. Machucou minha antena e... entrou um grão de terra no meu olho! – disse, esfregando o rosto.

Uma das formigas soprou forte no olho da Rosa.

– Ah! Bem melhor! Eu agradeço.

– A Bê se engasgou – disse, ainda em cima dela.

– E zzze vozzzê continuar aí, vou zzzufocar!

Eu me estiquei pro chão e vovó avisou:

– Se insistir em ficar, terá que ser aqui fora. Acomode-se debaixo dessa folha. Amanhã você volta pra colmeia.

– Será que a gente pode ficar aqui também? – perguntou Rosa.

Vovó arregalou os olhos.

– Não tá na hora da chamada? – perguntei.

Rosa me contou que no formigueiro fazem chamada duas vezes por dia, pra garantir que todas as formigas estejam sempre presentes e prontas pra uma missão. Mas são tantas formigas que as chamadas levam um tempão, então, entre missões e chamadas, não sobra tempo pra mais nada. A Rosa sempre foge do formigueiro depois que o seu nome é anunciado. Aí ela grita "Presente!", vem chutar um barro com a gente e volta a tempo de escutar o número da última formiga ser chamado.

– É que eu, a Margarida e a Begônia deixamos o formigueiro. Talvez o Dente-de-Leão apareça por aqui. Ele ainda está se decidindo...

– Olá! Sou o Dodô!

– Quem é ezzze Dente-de-Leão? E ele ezzztá dezzzidindo o quê?

– Provavelmente se vai se mudar para cá também – disse a vovó.

Eu não soube dizer se ela estava brava ou se divertindo com a situação. Vovó continuou:

– Ele, os passarinhos, os sapos, os besouros, talvez até os equilibristas!

Rosa deu uma risadinha e continuou:

– Na verdade, ele está decidindo se vai ser Dente-de-Leão ou FCOP52765334. A FCOP52765331 e a FCOP52765333 resolveram ser Margarida e Begônia!

– Que confuzzzo!

– Não é nada confuso. Eu explico. Quando eu voltei para o formigueiro, eu contei para a Margarida, que anda na minha frente, e para a Begônia, que vem logo atrás de mim, como eu conheci vocês, como eu me tornei Rosa, e como eu descobri que eu posso escolher um monte de coisas!

– Eu, eu, eu! Canzzzatiiiiiivo...

Rosa fingiu que não escutou. Suas companheiras continuaram a história:

— Nós ficamos curiosas! — disseram Margarida e Begônia, ao mesmo tempo. — Nós também queríamos decidir se íamos para a direita ou para a esquerda, se andávamos rápido ou devagar, se cortávamos folha de romãzeira ou de bananeira, e se nos chamávamos Margarida e Begônia, ou Begônia e Margarida. No final, nós nos decidimos por Margarida Begônia e Begônia Margarida. Prazer!

E sorriram ao mesmo tempo. O mesmo sorriso. No caso dessas formigas, o "eu" era um "nós". Não sei como viveram por tanto tempo com a Rosa entre elas.

Vovó só balançava a cabeça. Devia achar aquela coisa toda muito doida, ou então era dor nos anéis.

— Nisso — continuou Rosa — o FCOP52765334 ficou empolgado, e disse que queria se chamar Dente-de-Leão. Aí a FCOP52765339, que nas missões andava um pouco atrás do Dente, também ficou interessada. Quando o Dente ia explicar a história toda para ela, a chefe do pelotão, a Coronel FCCP52760000, mandou a gente se organizar. Aí foi uma confusão. A Margarida e a Begônia não conseguiram se separar, a FCOP52765339 esqueceu de voltar para o seu lugar e eu, para tentar ajudar, fui falar com a FCOP52765340, que não parava de chamar a FCOP52765339. Aí a FCOP52765336 olhou para trás, virando de costas, e isso deixou a FCOP52765337 meio perdida... É... acho que foi isso... Então o pelotão inteiro se embaralhou e a Coronel quis saber o que estava acontecendo. Aí eu expliquei e ela gritou: "As formigas que não estiverem satisfeitas em ser um número, que saiam imediatamente do formigueiro!".

— Zzzéuzzz!

— Eu tentei explicar para a Coronel que agora que eu descobri a minha parte Rosa não dava mais para ficar sem ela. Eu disse que, se a gente conversar, vai achar uma nova forma de trabalhar que dê pra eu me chamar Rosa, para a Margarida se chamar Margarida, para os eus serem eus e também serem parte do formigueiro. Pelo menos eu acho que foi isso que eu disse... Mas não teve conversa! Como eu não consegui pensar em mais nada para dizer, eu, a Margarida e a Begônia tivemos que deixar o formigueiro imediatamente. Estranho, não é? Mesmo com os nossos novos eus, nós não tivemos escolha.

– Nós não tivemos escolha! – repetiram as outras duas.

– E agora?

Nesse momento, ouvimos a voz do Quelei, que rastejava em nossa direção. Ele estava falando alguma coisa, mas não dava pra ouvir direito.

– Cara, fala mais alto ou espera até você chegar mais perto!

– Zzzei não... Acho que ele ezztá falando zzzozzzinho.

Quelei parecia nervoso. Resmungava e respondia aos resmungos com outros resmungos. Balançava a cabeça. Ficava bravo. Desanimava. Movia as antenas. Durante a sua longa e lenta aproximação, só consegui entender "Quelly" e "Betou".

Quando finalmente chegou, brinquei:

– Aí, Cara, será que a gente podia participar da conversa?

– Que counversau?

– Você tá bem, Quelei? – perguntou a Rosa.

– Jáu que voucê quer sauber, au respoustau é "naum"! Estou muitou maul! Descoubri que au Quelly e eu naum soumous feitous um paurau ou outrou – disse, vibrando a conchinha.

Pronto! O Cara ia chorar...

– Haroldo, parece que esse aí também veio para ficar – anunciou a vovó, que sempre que se irritava me chamava de Haroldo. – Vou descansar. Põe todo mundo debaixo da folha do abacateiro. Amanhã resolvemos o que fazer.

Entrou, esticando devagarinho. Já fazia duas luas que ela sentia dores fortíssimas entre o quinto e o sexto anel. Sugeri que falasse com o Doutor F., mas vovó disse que ninguém entendia melhor do seu corpo molenga do que ela mesma.

– Coumou au suau vóu saubiau?

– Deve ter sacado pelo seu jeito e pela hora. Já tá bem tarde, né, Cara?

– Quer que eu vau embourau?
– Para com isso, Quelei. Desenrola aí. O que é que tá pegando?
O Quelei contou que tinha brigado com a Quelly porque ela não queria passear de Beto no dia do aniversário de namoro deles. A Quelly preferia fazer um piquenique num cantinho reservado da Várzea, e o Quelei queria passear pelo Jardim, pra que todo mundo ficasse sabendo da comemoração. O Cara não entendia como ela podia querer fazer outra coisa, se eles foram feitos "um paurau ou outrou". Mas a Dona Queleidiane entendia, e tentou conversar com o filho. Resultado: o Quelei brigou também com a mãe e veio pro cafofo.

– Au Quelly deviau querer aus mesmaus couisaus que eu!

– Zzzério que até hoje vozzzêzzz zzzempre quizzzeram azzz mezzzmazzz coizzzazzz?

– Claurou! Issou é um naumourou, naum é?

– E por que é ela que tem que concordar com você? O seu eu é mais importante que o eu dela? – perguntou Rosa.

– Vou embourau, ninguém me aumau!

– Não vai não, Quelei. Eu acabei de chegar.

Era a Liby, que tinha chegado sem ninguém perceber.

– Oi, pessoal... – disse, desanimada.

Nunca tinha visto a Liby assim, tão pra baixo.

– Fugi de casa. Desculpe, Dodô, mas... será que eu poderia pousar aqui esta noite?

Acho que foi a primeira vez que a Liby me pediu alguma coisa.

– Zzzua mãe zzzabe?

– Talvez daqui a vinte luas perceba que parti. Mamãe nem sabe que eu existo. Tá sempre ocupada com as minhas irmãs.

– Se ela desse um número para cada filha e fizesse vocês voarem em fila, talvez...

Cutuquei a Rosa. Acho que ela não entendeu muito bem a questão da Liby.

– Você tá enganada, Liby – disse. – É que, como você é a mais velha

171

e não dá trabalho pra ninguém, sua mãe acaba se preocupando mais com as suas irmãs.

— Por isso mesmo! Resolvi dar trabalho...

— Entendi — disse, não entendendo.

— Eu tôu coum sounou! Bouau nouite!

Quelei soltou um longo e enrolado bocejo e entrou na concha. A galera foi pra debaixo da folha, mas a Belhuda reclamou que ficaria muito apertado com as formigas junto. A Liby, sempre gentil, se ofereceu pra ficar fora. No final, combinamos que as formigas iriam pra dentro do cafofo, comigo. Assim que entramos, vovó acordou e pôs todo mundo pra fora, inclusive eu, por ter tido a ideia.

Aí não teve jeito: a Belhuda teve que fechar as asas e dar espaço pras formigas, e assim ficaram, juntas e espremidas, como na noite do abacateiro. Desejei boa noite a todas e fiquei pensando numa forma de convencer a vovó a me deixar entrar.

Foi nessa hora que escutei:

— Psiu!

— Quem tá aí?

— Psiu!

Olhei em volta. Não vi ninguém. Quem poderia ser? A galera já estava toda ali. A não ser que...

— Psiu!

— Tunes?

— Sou eu... o Bartolomeu!

— Doutor Bartolomeu? A barata?

— Ah! Eu tinha absoluta certeza de que você se recordaria — disse, saindo de trás de uma pedra. — Vim lhe fazer a tão prometida visita.

— Puxa! — exclamei surpreso. Doutor Bartolomeu era o último bicho que eu esperava ver naquela noite. — Como vai o senhor?

— Espero não ter me atrasado para o jantar. Sempre tive curiosidade de conhecer os hábitos alimentares dos animais do Jardim.

Nessa hora, o Quelei pôs a cabeça pra fora da concha e reclamou:

— Seráu que dáu prau faulaur mauis bauichou! Estauvau sounhaundou que au mauiour flour dou mun... Ué, que bichou é esse?

— O que foi que ele disse?

— Quelei, esse é o Doutor Bartolomeu, a barata que me ajudou na Grande Toca, quando fui atrás da Liby.

— Naum estau taurde paurau visitaus? – perguntou, mal-humorado.

Doutor Bartolomeu acenou com a cabeça. Pelo jeito, continuava sem entender o que o Quelei dizia. Ainda bem!

— Mãezinha? – chamou Liby, saindo da folha e esfregando os olhos. Ao perceber o engano, disse, sem graça: – Pensei ter ouvido o meu nome...

— Lembra do Doutor Bartolomeu, Liby? Da Grande Toca?

— Lembro sim. Como vai, Doutor?

— Me adaptando ao exílio.

— Exílio? – perguntei.

— Fui expulso da Grande Toca. Diferenças ideológicas.

— Acho que também estamos nos adaptando ao exílio – disse Rosa, se aproximando, com Margarida e Begônia. – Não conseguimos dormir. A Belhuda zumbe demais!

— O que aconteceu, Doutor? – perguntei.

— Descobri que o grupo de baratas revolucionárias lideradas pelo meu irmão Irineu planeja expulsar os humanos da Grande Toca. Estão tão determinados que enviaram uma comitiva atrás da famosa Rata Zana, uma criatura pavorosa que vive nas profundezas do esgoto urbano. Ela é notória por ter a capacidade de amedrontar até os humanos mais corajosos. Dizem – sussurrou em tom de segredo – que chega a morder as pernas deles. Nhoc! – gritou, juntando as patas da frente.

O Doutor observou a nossa reação. Como ninguém abriu a boca, continuou:

— Se os humanos descobrem uma criatura dessas na sua Toca, terminam por mudar-se – concluiu, balançando tristemente a cabeça.

– Mas o que isso tem que ver com o seu exílio?

A barata chacoalhou as asas e ergueu uma das patas:

– Eu suspeitava de algo subversivo! – exclamou orgulhosa. – Subornei um dos revolucionários com um pedaço de queijo *brie* e descobri todo o plano. Interceptei a comitiva e consegui que mudassem de ideia, lembrando-os dos tempos em que os humanos não habitavam a Toca e que tínhamos que suportar longos períodos de escassez.

– Escassez?

– Pouca comida. Mas falar da escassez de nada adiantou. Lamentavelmente, baratas têm a memória curta, sabe? O que os fez mudar de ideia foi eu lhes ter prometido um jantar *gourmet* com um menu *dégustation a la Bartholomée!*

– Puxau! Paurece goustousou!

– Aqueles bufões! Ficaram tão animados com a promessa do jantar que saíram se gabando para toda a colônia! Obviamente que o Sebastião descobriu.

– O seu irmão não chama Irineu? – perguntei, confuso.

– Sim, sim! O Sebá é a pata direita do meu irmão. Quando descobriu o meu plano, chamou os seus capangas cascudos que me enxotaram da Toca! Da minha própria Toca!

– Puxau!

– Azzzim ninguém conzzzegue dormir! – reclamou Belhuda, voando pra fora da folha.

– Olha quem fala – sussurrou a Rosa.

– O que ezzza barata ezzztá fazzzendo aqui?

Doutor Bartolomeu se apresentou, e logo estávamos todos sentados em volta de um vaga-lume que, curioso com variedade de bichos zumbindo, enrolando, e matracando no meio da noite, resolveu se juntar a nós.

Cada um falou de si.

Belhuda reclamou que a mãe sempre dava pra ela os trabalhos mais complicados.

– Zzze ao menozzz dezzze tempo de ficar de boa na colmeia... mazzz não! Tenho zzzempre que ezzztar ocupada com tarefazzz impozzzíveizzz
– zumbiu, nervosa. – Zzzério. Não zzzuporto maizzz izzzo!

Liby também falou da mãe. No seu caso, foi da falta de atenção que recebia.

– Só porque não reclamo, acham que tá sempre tudo belezinha comigo... Quelei enrolou pra dizer que o mundo inteiro estava contra ele.

– Pourque naum querem que eu sejau feliz?

Doutor Bartolomeu não entendia como ideias eram capazes de separar bichos da mesma espécie e até da mesma família:

– Como pôde chegar ao cúmulo de expulsar o próprio irmão, sangue de barata do seu sangue de barata?

E Rosa, falou por si e por suas companheiras, perguntando o que há de errado em querer ser um eu e um nós ao mesmo tempo:

– A Coronel, nem quis me escutar. Para ela eu não tenho voz.

– Nós não temos voz! – repetiram Margarida e Begônia.

O vaga-lume, que se chamava Lúcio, não disse nada. Preferiu ficar brilhando em silêncio, deixando a noite mais clara e bonita.

Olhei em volta. Lá estavam uma abelha, uma libélula, um caracol, uma barata, três formigas e um vaga-lume, que apesar de não dizer muita coisa, parecia querer o mesmo que os outros: fazer parte, ser amado. Acho que era isso. Quanto a mim, descobri que estava contente com a minha vida, junto da vovó, naquele cafofo apertado, do lado do abacateiro, no Jardim que, apesar dos perigos, era o meu lar.

Depois do desabafo geral, Rosa pediu pra contar uma história:

– Era uma vez, pouco tempo atrás, neste mesmo lugar, uma princesa chamada...

– Já zzzei: Rozzza!

– Não, Belhuda – disse Rosa. – Para sua informação, o nome dela era Liby.

– Liby? – perguntou a libélula, surpresa.

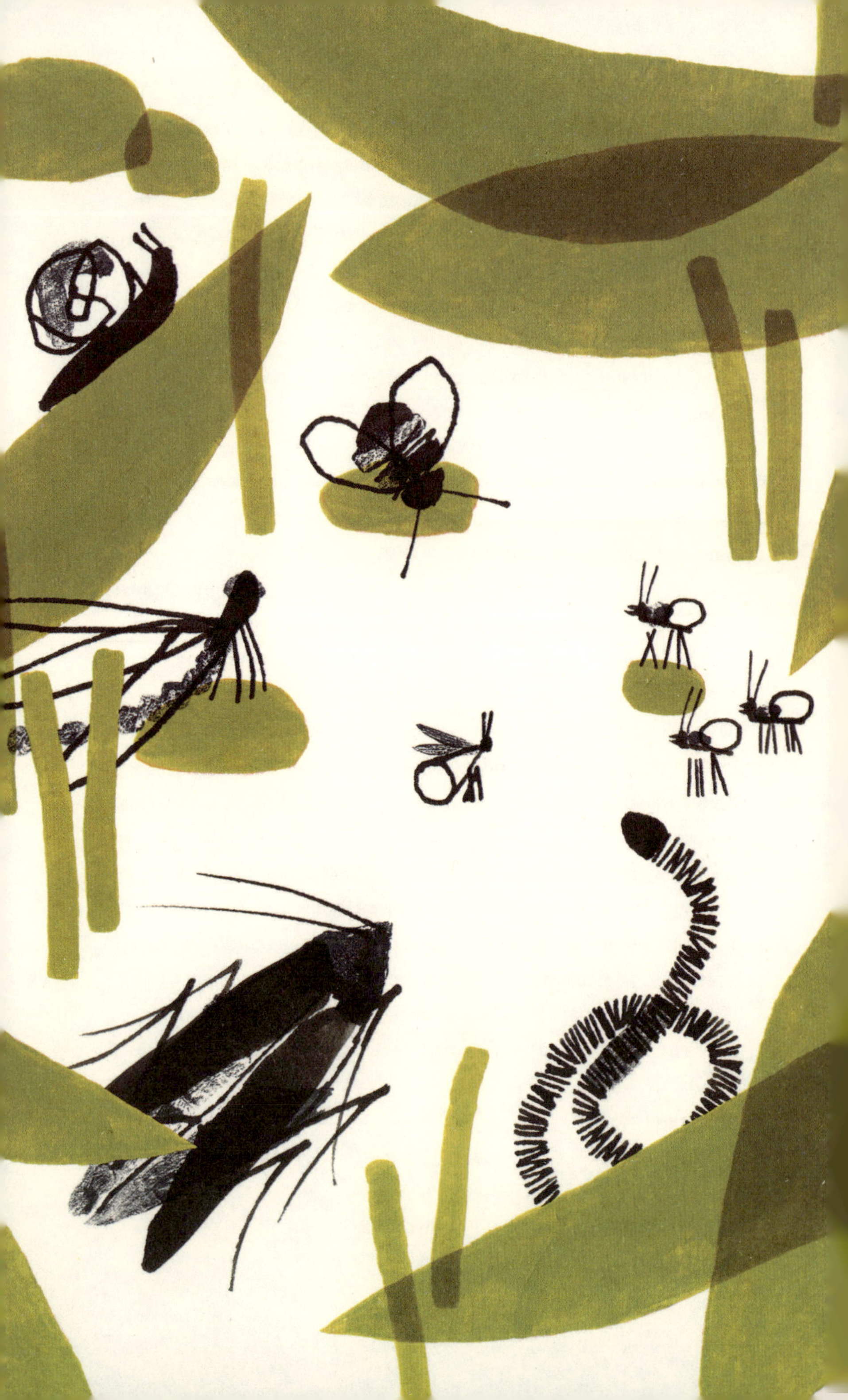

– Isso mesmo! E Liby era uma princesa muito generosa, que só fazia o bem.

– Acho que posso ajudar com essa história, Rosa.

– Continue, Dodô.

– Liby também transformava desejos em realidade. Ela ajudou um minho a realizar o sonho de voar e brincar de roda sobre o Lago das Libélulas. Depois o Quelei pediu pra participar, e assim fomos. Até o Doutor colaborou, descrevendo a coragem da princesa. Rosa ia terminar a história, quando uma voz interrompeu:

– Também é uma filhinha preciosa.

Graças à luz de Lúcio, vimos Dona Li Bella, a mãe da Liby, se aproximar.

– Ah! Liby Bella! Voei por todo o Jardim atrás de você. Deveria saber que estava aqui. Cheguei a pensar que...

Parou de falar, engasgada de emoção.

– Chourau naum, Dounau Li! Senaum eu chourou taumbém!

– Mãezinha! Achei que nem fosse perceber! – disse Liby, voando até a mãe.

– Como não? Estou sempre de olho em você, Liby Bella. Se não estivesse tão feliz em te encontrar, acho que... você levaria uma bronca daquelas!

Mãe e filha se abraçaram e partiram pras bandas do Lago. Imagino que tenham cruzado com a Rainha A. Beya, que chegou pouco depois, zumbindo feito um enxame!

– Dona Belhuda Beya! O que a zzzenhora penzzza que ezzztá fazzzendo aqui? Prezzzizzzo de vozzzê na colmeia imediatamente! Não concluiu zzzuazzz tarefazzz de hoje.

– Azzz minhazzz tarefazzz zzzão zzzempre as piorezzz, azzz maizzz chatazzz, azzz maizzz... zzzei lá! Canzzzei. Não volto! Nunca maizzz!

A Rainha arregalou os olhos, surpresa.

– Como não? Zzzó vozzzê conzzzegue ezzzecutar zzzertozzz trabalhozzz. A colmeia prezzzizzza de vozzzê. Eu prezzzizzzo de vozzzê.

177

Belhuda já tinha aberto a boca para retrucar, mas ficou em silêncio, confusa.

– Prezzzizzza? – disse, finalmente.

– Zzzéuzzz! É claro que zzzim, por qual outra razzzão lhe confiaria ozzz trabalhozzz maizzz complicadozzz e urgentezzz? Vozzzê zzzabe dizzzo.

– Não, vozzzê nunca dizzze nada.

– Poizzz acabo de dizzzer! Além dizzzo, Belhuda, vozzzê prezzzizzza ezzztar preparada para zzzer rainha.

– Eu vou zzzer rainha?

– Apezzzar do zzzeu gênio! Ô abelhinha difízzzil! Já para a colmeia.

Não precisou mandar duas vezes. Belhuda acionou as asas e voou atrás da mãe, zumbindo contente.

– Se a Belhuda é mandona hoje, imaginem quando virar rainha!

– Sabe Rosa, você e a Belhuda não são tão diferentes assim.

– Você tá me chamando de mandona?

– Determinada.

Escutamos um zumbido e vimos a Belhuda voltando. Será que ela e a Rainha tinham se desentendido no caminho?

– Tá tudo bem, Bê? – perguntei assim que ela pousou.

– Zzzuper! Zzzó voltei pra avizzzar que encontrei a Dona Queleidiane e a Quelly no caminho. Ezzztão dezzzezzzperadazzz atrázzz do Quelei!

– Maumãe! Quelly! – gritou, emocionado.

– Falei que vozzzê ezzztava aqui. Agora prezzzizzzo voar, ezzztão prezzzizzzando de mim na colmeia!

– Serau que elaus me aumaum? – perguntou Quelei, vibrando a conchinha.

– Não é porque alguém discorda de você que deixa de te amar – eu disse.

– Mesmou?

– Cara, acho que você precisa se desculpar com elas.

– Naum sei, naum...

– Receio que sua cabeça seja tão dura quanto a sua concha. Nada justifica a cisão de uma família – disse Doutor Bartolomeu, já a par da história e mais acostumado com o jeito de falar do Cara.

Quelei entrou na concha pra pensar. Logo depois, pôs a cabeça pra fora e anunciou:

– Eu vou! Vou augourau auou encountrou delaus!

– Legal, Cara!

– É isso aí, Quelei! – gritou Rosa.

– É isso aí! – repetiram Margarida e Begônia.

– Nou cauminhou, vou plaunejaur um piquenique bem roumâunticou coum a Quelly – contou, animado. – Vou levaur au maumãe taumbém!

– Só se a Quelly ainda quiser ser sua namorada – disse Rosa.

– Coumou aussim? – perguntou confuso.

– É brincadeira – interrompi, torcendo pra Quelly deixar barato mais essa vez.

– Au boum! Entaum... Audeus! Audeus! Audeus! Audeus...

E continuou dando "audeus" enquanto se afastava. Foram duzentos e cinquenta e nove até a gente não conseguir mais ouvir a voz dele.

– Vou dormir – anunciei. – Já não consigo nem juntar e esticar direito.

– Mas a noite é uma larva! Nem jantamos... – lembrou Doutor Bartolomeu.

Era verdade. Mas o que eu poderia oferecer pro Doutor? Se ao menos a vovó tivesse feito uma torta... Acho que ele percebeu a minha aflição:

– Não se preocupe, jovem Dodô. Deixe comigo – disse, olhando em volta. – Aha! Um abacate maduro! E... o que temos aqui? Hum, não é um *filet-mignon*, mas vai servir, e... olha só! Uma semente de... hum, não sei, mas não importa. O segredo está no tempero.

E começou a tirar vários pozinhos de debaixo da asa.

Doutor Bartolomeu, usando todas as patas, pegou tudo o que encontrou e se pôs a triturar, juntar, misturar, mexer, cheirar, temperar, provar... e misturar tudo de novo. Enquanto preparava o rango, cantava numa língua que eu nunca tinha ouvido antes:

"*Chi mangia lo spaghettino...*
Chi mangia la mozzarella..."

Quando acabou, dividiu a gororoba em seis porções e falou:

– *Buon appetito!*

Não entendi o que ele disse, mas a ideia ficou clara: atacar!

– Vamos! Provem! Não estou acostumado a esses ingredientes, mas com os meus temperos especiais... – disse, provando mais uma vez – ah! Ficou bastante palatável...

O cheiro estava tão gostoso que despertei. As formigas se aproximaram, curiosas.

– Venha, Lúcio! – chamei o vaga-lume, que continuava iluminado e silencioso.

Mal a gente começou a comer, apareceu outra visita. Era a barata Irineu, o irmão revolucionário do Doutor:

– Boa noite, companheiros.

– Irineu – disse Doutor Bartolomeu, bastante sério.

– Bartô.

Ficaram se olhando em silêncio. Um tempão...

Não sabíamos o que fazer. O Lúcio parou de piscar e eu tive vontade de rir de nervoso. Rosa e as amigas tiraram uma soneca.

Finalmente, o Doutor abriu a boca:

– Veio me expulsar do Jardim?

– Pare de falar bobagens, Bartô!

– Bobagens? Fui expulso da Toca onde nasci, pelo meu próprio irmão!

– Eu nunca o expulsei de lugar nenhum. O Sebá agiu sem a minha autorização. Nem estava a par de que planejavam chamar a Rata Zana. O resultado seria desastroso! Os humanos poderiam lançar mão de venenos mais potentes e isso destruiria muitos dos nossos. Acredito que a Revolução precisa envolver e beneficiar todas as baratas, senão perde o sentido.

O Doutor ficou quieto, matutando. Acho que acreditou no irmão, pois logo abriu um sorriso e falou, animado:

– E como diz o ditado, "barata de pança vazia não sai da coxia". Revolução ou não, precisamos garantir o alimento da colônia.

– Sim, Bartô, precisamos comer – concordou Irineu, também sorrindo.

– Então vamos!

Doutor Bartolomeu ofereceu a sua porção e Irineu deu uma abocanhada na gororoba.

– Você está certo, Bartô – disse com a boca cheia. – Revolucionários bem alimentados sempre chegam mais longe.

– Ou tiram uma soneca... uaaaaaaah – bocejou Rosa, acordando.

– Vamos, irmão, vamos para casa – chamou Irineu. – Daqui a pouco o sol aparece e ficaremos expostos aos opressores da nossa espécie.

E lá se foram os dois, barateando, com as antenas entrelaçadas.

– Agora só sobramos, nós, formigas – lamentou Rosa, com cara de sono.

– Daqui a pouco aparece alguém atrás de vocês. Do jeito que a noite tá indo...

– Se essa fosse uma das minhas histórias, quem sabe? Mas nem eu continuaria uma história assim. Muito previsível, você não acha? Os problemas de cada bicho sendo resolvidos, um a um. Não, Dodô, ninguém vem atrás da gente. Esse é o mundo real.

Acho que ela tinha razão.

– Além disso, quem quer voltar para aquele formigueiro?

– Nós queremos! – responderam Margarida e Begônia.

Nesse momento, escutamos a voz de uma formiga porta-voz. O pelotão estava estacionado debaixo do abacateiro.

– A-ten-ção! – bradou a porta-voz.

– Viu? Eu sabia! Vieram atrás de vocês – disse, escondendo minha surpresa.

– A-ten-ção! – repetiu a porta-voz. – O Formigueiro C527 busca três das suas integrantes. Caso alguém as tenha visto, favor reportar...

– Aqui, aqui! – gritei.

Lúcio voou sobre as formiguinhas para que o pelotão pudesse enxergar.

Uma formiga grandona marchou na nossa direção.

– Eu não acredito! É a Coronel... – sussurrou Rosa, assustada.

– Desertoras! Voltem imediatamente para o formigueiro! – berrou a Coronel, ameaçadora. Parecia que queria que o Jardim inteiro ouvisse.

– A senhora nos expulsou – rebateu Rosa. – Não tivemos escolha.

– Não tivemos escolha! – repetiram Margarida e Begônia.

A formiga grandona se aproximou da Rosa e sussurrou:

– Shhhh! Não me desautorizem. Preciso manter minha autoridade perante o pelotão.

E, novamente aos berros, continuou:

– Se vocês pensam que podem desertar e ficar impunes, estão equivocadas!

Eu estava quase ficando surdo, quando ela voltou a sussurrar:

– FCOP52765332, vocês partiram, mas as suas ideias ficaram. O formigueiro está uma bagunça. Ninguém responde chamada, cada uma quer um nome só seu... Preciso da sua ajuda para pôr o C527 em ordem. Sem disciplina, não conseguiremos realizar nossas missões, e passaremos fome. Você entende?

– É claro, Coronel! Não queria bagunçar o formigueiro, só queria ser um pouco... eu!

– Shhhh! Fale baixo.

– Sim, Coronel...

– Já que você tocou no assunto – continuou baixinho – estive pensando... Acho que poderia me chamar "Comigo-Ninguém-Pode". Pelo menos quando não estiver na ativa. O que acham?

– Gosto muito – sussurrou Rosa.

– Gostamos muito! – gritaram Margarida e Begônia.

– Shhhhh! – mandou Rosa.

– Ou "Lança-de-São-Jorge".

– Bacana! – sussurraram todas.

E lá se foram as formigas, discutindo os nomes que mais combinavam com o "eu" da Coronel. Enquanto caminhavam, a Coronel berrava alguma ordem, para "manter a autoridade", e as formiguinhas respondiam: "Sim, Senhora Coronel!" ou "Perdão, Senhora Coronel!".

É... daria tudo certo no formigueiro C527. Olhei pro Lúcio, que brilhava ao meu lado.

– É, vaga... sobrou a gente.

A luz do Lúcio parecia ainda mais intensa, apesar dos raios de sol que já manchavam o céu da madrugada.

Em silêncio, o vaga-lume fez um círculo sobre a minha cabeça e sumiu. Pouco depois, ouvi a minha avó chamar, com a voz carregada de sono:

– Haroldo! Não acredito que você passou a noite toda aí fora! Já pra dentro, sua minhoca miolo mole!

Eu me enfiei no cafofo, meu lugar no Jardim.

Diálogo XI

– A professora falou que gente é animal.
– Verdade.
– Essa formiga é um animal?
– É, mas... por que você pisou nela?
– Não sei.

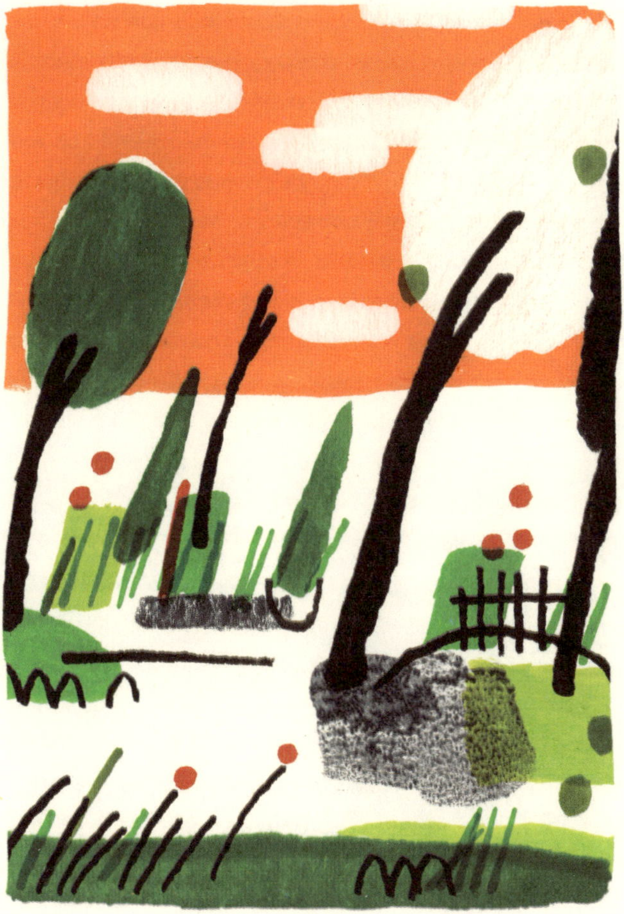

Recomeço

Quelei contava pela décima vez os detalhes do seu piquenique romântico com a Quelly.

– Elau me augraudeceu pelau ideiau geniaul!
– Zzzério? Eu achei que a ideia fozzze dela...
– Que bom que deu tudo certo, Quelei!
– Deu sim, Liby! Penau que maumãe naum quis ir!
– Alguém nezzza família tem nozzzão!
– Jau faulei dous grilous que cauntauraum paurau au gente?
– Pezzzoal, queria zzzaber maizzz zzzobre ozzz grilozzz, mazzz tenho azzzuntozzz importantízzzimozzz me ezzzperando na colmeia.
– Ih! Também preciso ir, combinei de dar uma voltinha com a mamãe. Só ela e eu.

Belhuda e Liby bateram asas e sumiram de vista.

A galera andava muito ocupada, especialmente a Rosa, que participava do comitê de reorganização do formigueiro. Fazia tempo que não aparecia pra chutar um barro.

Sobramos o Cara e eu.

– Ounde estauvau? Auh! Nau paurte em que ous grilous perguntaum ou que au gente queriau escutaur! Eu sugeri auquelau caunçaum dau cigaurrau Sôuniau, que aucaubauvau coum "ou ou ouuuuuuuuuuuuuuuu"! Lembrau, Doudôu?

Eu estava pensando no que iria fazer da minha vida. Já ajudava no cafofo, juntava e esticava pelo Jardim fazendo as coisas que a vovó pedia, mas precisava de algo mais, uma coisa só minha. Só não sabia o quê. Vovó disse pra eu trabalhar num dos canteiros, aerando a terra, adubando, esse tipo de coisa, mas quando fui até o Canteiro das Margaridas, descobri que o que não faltava ali era minhoca. Assim que cheguei, dei uma cavoucada pra sentir o clima, e fui logo esbarrando numas cinco. Começaram a gritar comigo numa língua estranha. Repetiam alguma coisa que parecia "uí ar bizi!". Tentei me desculpar, falei que me chamava Dodô, que morava perto do abacateiro, mas ninguém parou pra trocar uma ideia. Quando contei pra vovó o que tinha acontecido, ela explicou:

– São minhocas californianas. Conheci muitas no meu tempo de minhocário.

Tentei outros canteiros. Fui até o Espinhaço das Rosas, mas nenhum precisava de mais uma minhoca. Eu até que poderia ficar em um deles, mas não faria a mínima diferença, e tá aí uma coisa que eu queria fazer: diferença!

– Doudôu-oou! Doudôu-ooooou!

– Hã? Ah! Desculpa, Cara, tava aqui pensando na vida.

– Voucê táu sempre dourmindou de oulhou aubertou!

– Foi mal. O que eu perdi?

Mas o Quelei não teve tempo de responder. Doutor Bartolomeu chegou barateando mais rápido que barata em dia de Barata Voa. Quase me atropelou.

– Os humanos perderam a cabeça! Perderam a cabeça! Perderam a cabeça! – gritava.

– Calma, Doutor Bartolomeu. Respira. O que é que tá rolando?

– Aulgumau caubeçau! – disse o Quelei, rindo.

– Eles perderam a cabeça, Dodô!

– Coumeram ou Caubeçau de Ouvou? – perguntou o Quelei, caindo na gargalhada.

– Trata-se de um assunto seríssimo, caro Queleiton... e urgente!

– Deve ser mesmo, pro senhor sair da Grande Toca no meio do dia. Não é perigoso?

Doutor Bartolomeu ignorou a minha pergunta:

– Aqueles humanos tresloucados pretendem construir uma quadra no Jardim!

– Umau quaudrau?

– O que é isso? – perguntei.

– É um... um lugar... retangular... com piso de cimento...

– Cimento?

– Uma substância dura e praticamente impenetrável. É como o solo da Planície Cinza. É assim que vocês chamam aquele pedaço sem terra do Jardim, não é?

– Sim, mas... por quê?

– Pelo que eu entendi, os humanos querem jogar bola.

Lembrei do amigo tatu-bolinha do Quelei, o Bob, que se enrolava todinho e rolava de lá pra cá na Várzea. Até que um dia o Bob sumiu e nunca mais apareceu.

– Será que os humanos encontraram o Bob?

– Vaum jougaur tautu-boulinhau? Legaul!

– Não sei nada desse Bob, mas sinto que ainda não compreenderam a gravidade da situação. O abacateiro – disse, apontando pro centro do Jardim – será derrubado... HOJE!

Como assim? Aquilo era impossível. A língua dos equilibristas devia ser muito difícil e complicada, até mesmo pra uma barata. Sim, ele entendeu errado. Sem o abacateiro não tem Jardim. E sem Jardim...

– Doudôu, voucê estáu dourmindo de oulhou aubertou de nouvou? – murmurou o Cara, me cutucando.

Doutor Bartolomeu repetiu a notícia. Minhas caraminholas levaram um choque e se puseram a gritar, todas ao mesmo tempo:

— Não podem! O abacateiro... ele sempre existiu... bem ali, no meio do mundo!

— Pourque naum fauzem a quaudrau nau Graunde Toucau? — Quelei choramingou.

— Tudo indica que também cortarão as outras árvores. Duvido que sobre algu...

O Doutor foi interrompido por um barulho que fez o som do roncador parecer canto de cigarra. O barulho veio e foi, veio e foi, veio e foi. Fosse o que fosse, estava pegando embalo pra atacar. Então urrou com raiva e não parou mais.

Controlando o pavor, subimos numa pedra pra entender o que estava acontecendo. Foi quando vimos a fera. Tinha uma cabeçona laranja e uma língua prateada, comprida, larga, rodeada de dentes. A fera urrava, tremia a língua dentuça e se debatia nas mãos de um equilibrista desconhecido. Devia estar morrendo de fome. Quando o equilibrista empurrou a fera na direção do abacateiro, a língua dentuça alcançou o tronco e penetrou nele com a mesma facilidade com que uma minhoca fura a terra fofa. Nesse momento o barulho mudou. O urro feroz virou um som agudo e triste, que doía no ouvido. Não sei se era o ruído da criatura mastigando o corpo do abacateiro ou o choro da árvore, que se despedia do Jardim.

Naquele momento, lembrei da história do piquenique do Quelei. Queria ouvir sobre a música dos grilos, sobre a concha brilhante da Quelly, sobre o bolo de couve preparado pela Dona Queleidiane. Queria ouvir tudo de novo. Quem sabe assim conseguisse voltar ao momento em que minha maior preocupação era encontrar um propósito pra minha vida mole.

— Dodô!

Ouvi um grito que parecia vir de dentro da minha cabeça, lá do fundo.

— Dodôooooooooo!

Era a vovó.

Desci da pedra, seguido pelo Doutor Bartolomeu, que se despediu, gritando:

– Vou aproveitar a comoção para retornar à Grande Toca. Acredito que, a esta altura, todos os bichos do Jardim já estejam cientes da tragédia em andamento. Espero que nossos caminhos se cruzem novamente. Foi um imenso prazer conhecê-lo, Dodô – disse, emocionado. Depois, se virando pro Cara, que continuava no mesmo lugar, berrou: – Foi um grande prazer, caro Queleiton. Apesar de nem sempre compreendê-lo, foi um prazer. Adeus!

E saiu barateando. Juntei e estiquei pra entrada do cafofo.

– Dodô! – vovó gritou novamente. – O que está acontecendo? Que barulheira é essa, até a terra está vibrando!

Pulei pra dentro.

– Tão derrubando o abacateiro, vó! Tão destruindo o Jardim!

Vovó perdeu o pouquinho de cor que ainda tinha.

– Fuja, meu filho. Tente passar por debaixo do Muro. Saia daqui!

– Vamos juntos!

Vovó sorriu esquisito.

– Meu neto Dodô, sempre teimoso – disse, como se estivesse falando de outro minho, e continuou, do jeito de sempre: – Você sabe muito bem que estou com muita dor nos anéis, mal consigo me mexer, quanto mais fugir! Que ideia maluca!

– Sou teimoso como a senhora. Vamos sair daqui juntos.

E, botando a cabeça pra fora, berrei pro Quelei, que continuava sobre a pedra:

– Cara, temos que alcançar o Muro, vai indo pra Várzea, te encontro no caminho.

Acho que ele não me ouviu. Estava branco como uma nuvem e não parava de vibrar.

Nesse momento, Belhuda e Liby apareceram, assustadas. Repeti o que o Doutor me contou e pedi pra tentarem achar o Beto, ou algum besouro disposto a levar o Cara e a vovó.

— Pode deixar, Dodô!

As duas saíram voando e eu voltei pra dentro.

— Vó, vou te ajudar.

— Não temos tempo para essas besteiras. Você precisa ir embora...

— Para com esse papo, vó. Vem...

Eu me enrosquei na vovó, e comecei a juntar e esticar pra cima. Mas cada vez que eu juntava, acabava apertando o corpinho dela, e ela gemia de dor.

— Vamos, vó. A gente tá quase lá... a gente consegue... a gente já conseguiu tanta coisa juntos, né?

— É Haroldo...

— Dodô, vó — corrigi, feliz por reconhecer a teimosia de Dona Ana Elídea mesmo num momento tão difícil.

— Haroldo — insistiu a vovó. — É o nome do meu pai, seu bisavô...

— Eu sei, vó.

— Ele ficaria orgulhoso de ter um bisneto como você levando o nome dele.

Fiquei em silêncio, tentando controlar as minhas emoções. Não podia arriscar soltar a vovó.

Saímos a tempo de ver o abacateiro tombar, junto com todos os seus frutos, folhas, moradores sem asas, e ninhos de passarinho. Parte dos galhos caiu sobre o cafofo da Dona Molly. Ainda bem que ela tinha viajado para visitar parentes no Espinhaço. Nosso cafofo escapou.

Pouco depois Belhuda retornou, acompanhada por um pelotão de formigas liderado por Rosa, a menorzinha de todas.

— Dodô, Dona Ana Elídea — falou Belhuda, toda esbaforida —, ainda não achamozzz o Beto, ou nenhum outro bezzzouro. Mazzz encontrei a Rozzza no caminho e ela juntou um pelotão pra levar o Quelei e a zzzenhora até o Muro. Já avizzzei a Dona Queleidiane que vozzzêzzz ezzztão a caminho. A Quelly e a família dela também ezzztão lá.

— Cuidaremos direitinho do Quelei e da sua avó — disse Rosa.

O pelotão subiu pela pedra e levantou o Cara com dificuldade. Quelei continuava em silêncio, vibrando. Rosa tentou levantar a minha avó com a ajuda de três companheiras, mas o toque das formigas era muito dolorido e vovó preferiu esperar por um besouro. O pelotão partiu levando só o Quelei.

– Daqui a pouco a gente se encontra, Cara! Vai ficar tudo bem! – eu disse, mas já não tinha tanta certeza.

Vovó tentava se mexer, mas pelos seus gemidos percebi que a dor era intensa. Ela não ia conseguir juntar e esticar sozinha pra lugar nenhum.

– A Liby ainda ezzztá voando atrázzz de um bezzzouro. Vou fazer o mezzzmo, azzzim conzzzeguiremozzz levar a zzzenhora pra bem longe daqui.

– Enquanto isso, a gente vai esticando devagarinho pro Muro – disse.

– Vai dar tudo zzzerto.

Pela voz da minha amiga, notei que ela tinha ainda menos certeza do que eu.

Belhuda foi embora, zumbindo nervosa, e eu comecei a juntar e esticar bem devagar pra que a vovó pudesse me acompanhar. Mas ela não se mexeu.

– Não consigo, Dodô. Meus anéis travaram de vez.

Voltei a me enroscar nela e tentei me esticar. Mas aquilo só causava mais dor. Vovó não reclamava, mas eu percebia o sofrimento dela pelo tremor do seu corpo.

– Agora me escute, sua minhoca miolo mole – disse ela, se esforçando pra parecer durona. – Se você insistir nessa ideia ridícula de carregar uma minhoca velha daqui até o Muro, será o fim de nós dois.

– Que seja! Eu não vou deixar a senhora aqui.

Nesse momento, ouvimos um pio que fez a vovó tremer. Olhei para cima, mas não vi nada.

– É uma coruja.

– Mas corujas não aparecem só durante a noite? – perguntei.

Enquanto procurava a coruja, avistei Liby e Belhuda retornando.

– Achamos um besouro! Não é tão rápido quanto o Beto, mas foi o único que encontramos sem nenhum bicho em cima. Disseram que o Beto estava carregando cinquenta e nove lesmas ao mesmo tempo.

Ouvimos mais uma árvore tombar. Em seguida, escutamos outro pio, dessa vez mais próximo.

– Agora escute, seja uma minhoca de verdade e me deixe aqui. Você é o meu único neto. Se acontecer alguma coisa com você, Haroldo, eu juro... vou deixar você de castigo no cafofo pelos próximos quinze anos.

Não respondi. Ficamos em silêncio. Por um momento tive a impressão de que o mundo inteiro se calou.

Então a Liby gritou:

– Ih! Olhem, ali! O besouro tá chegando!

Um besouro marrom-claro, manco de uma perna, vinha arrastando as longas antenas e sorrindo em nossa direção. Devia ser uma criatura generosa, ou então completamente louca. Enquanto se aproximava lentamente, ouvimos outro pio, ainda mais próximo que o anterior.

– Ih! Ih! Ih! – Liby gritava voando na direção do besouro. – Corre, corre besourinho!

O besouro sorriu ainda mais largo, esticou levemente cabeça pra frente e continuou no mesmo ritmo. Acho que ele já estava no seu limite de velocidade.

– Zzzéuzzz! Ele não vai chegar a tempo!

Mas isso todos nós já sabíamos. E mesmo que chegasse...

– Suma daqui, Haroldo! – ordenou a vovó.

– Zzzua avó ezzztá zzzerta, Dodô! Não tem nada que a gente pozzza fazzzer.

– Eu não vou deixar a minha avó sozinha! Já fugimos uma vez do bico de uma coruja – disse, ainda enroscado nela.

Escutamos mais um pio. Olhei pra cima e o meu olhar cruzou com...

– A coruja! – gritei.

Então uma coisa inesperada aconteceu: de alguma forma, vovó se desenroscou de mim, me empurrou com força pro lado e se esticou na direção da coruja.

– Essa coruja e eu temos um encontro marcado – disse, estranhamente calma.

Antes que eu pudesse reagir, outro pássaro veio voando na nossa direção.

– Ih! Cuidado, Dodô!

– Zzzéuzzz!

Uma sombra gelada me envolveu e vi dois bicos se aproximando, abertos. Fechei os olhos. Quando voltei a abrir, estava tudo escuro, morno e úmido. O que aconteceu? Será que voltei pra debaixo da terra? Estava no cafofo? Onde estavam os outros? O pânico tomava conta de mim, até que percebi um barulhinho – tum, tum, tum, tum – que me acalmou...

Então era assim.

Eu me movia de um jeito novo, leve e macio. Me acomodei naquela sensação de aconchego. Estava quase pegando no sono, quando de repente tudo ficou claro e...

O quê? Ôôôôôôôôô...!

Fui cuspido.

Caí sobre uma terra vermelha e dura. Olhei em volta. Não reconheci aquele lugar.

– Então é pra cá que as minhocas vão – murmurei pra mim mesmo, lembrando da história dos raios de sol que a mãe do Joca contou.

– Estamos do outro lado do Muro, Dodô.

Olhei pra trás e dei de cara com um emplumado amarelo. Era o meu amigo do bico fechado.

– Você? Então... peraí... quer dizer que eu não...

– Cheguei a tempo de te salvar da coruja. E trouxe você pra cá dentro do meu bico. Desculpe se te assustei – piou, sem graça.

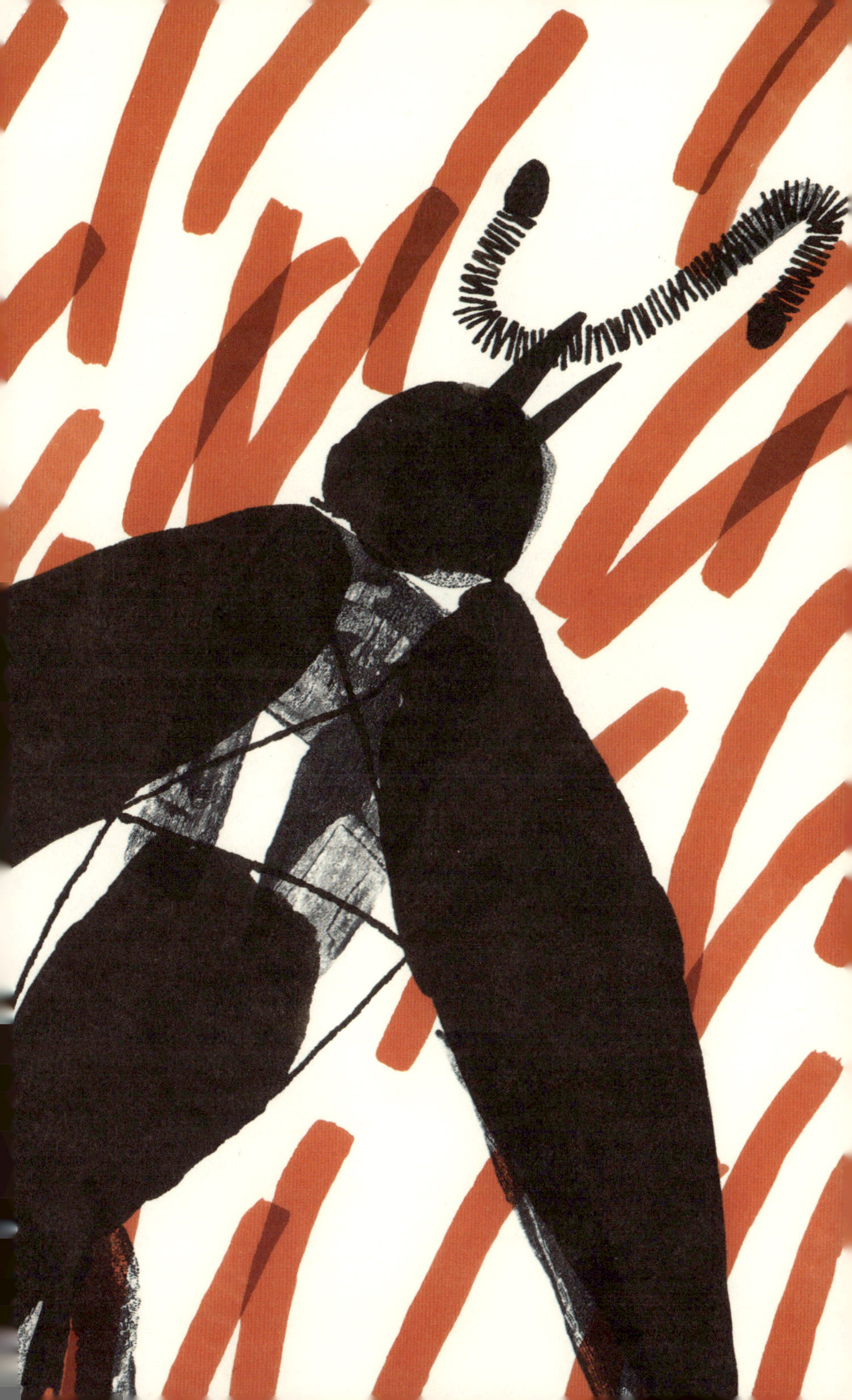

– Sim... quer dizer, não muito... até que... eu... sério?

Quem diria que uma minhoca pudesse chegar e deixar o Jardim no bico de um emplumado e ainda viver pra contar a história?

– Muito obrigado... hum...

– Nunca me apresentei, né? Sou o Curry.

– Curry – repeti. – Legal!

De repente lembrei.

– E a minha vó? Cadê ela?

Curry baixou a cabeça e arranhou o chão vermelho com as unhas.

– A coruja a levou...

Aquilo não fazia o menor sentido. O que será que ele queria dizer com isso?

– Fala a verdade. Ela fugiu, não foi? Vovó já fez isso uma vez...

Curry continuou com a cabeça baixa.

– Mas isso é impossível! Ninguém pode com a minha avó. Nem mesmo uma coruja. Ninguém! – berrei.

Imaginei a vovó e as minhas lembranças, juntas, dentro do bico da coruja. Tudo perdido. Pra sempre.

– Eu sinto muito, Dodô.

Liby e Belhuda apareceram e pousaram ao meu lado.

– Me desculpe, Dodô. Se eu tivesse achado um besourinho mais rápido, que não fosse manco, talvez...

Belhuda não disse nada. Só zumbiu de tristeza.

– Preciso ir – piou o Curry. – Desde que mudei minha dieta, fiz muitas amizades novas. Tem muito bicho bacana por aí. Talvez um deles precise da minha ajuda.

E o Curry bateu as suas enormes asas amarelas e sobrevoou o Muro, de volta ao Jardim.

– E o Quelei? – perguntei.

– Ezzztá zzzubindo o Muro, com a Dona Queleidiane, a Quelly e a família inteira. Logo ezzztaremozzz ouvindo a hizzztória do jantarzzzinho de novo – disse, em tom de brincadeira, mas ninguém riu, nem ela.

— E azzz formigazzz ezzztão cavando um túnel por debaixo do Muro. Também ezzztão zzze mudando pra cá.

— Viu, Dodô, as coisas vão voltar ao normal — disse Liby.

Mas nada seria normal de novo.

— Zzzê ezzztá vendo aquela árvore ali? — perguntou a Belhuda, apontando pra uma arvorezinha cheia de pontinhos vermelhos. — É pra lá que vamozzz tranzzzferir a colmeia.

— Nós vamos morar aqui também! Sempre que chove, aquela parte do novo Jardim, enche de água. Mamãe nos trouxe aqui uma vez pra brincar de roda, quando éramos bem pequenininhas.

— Novo Jardim... acho que é assim que eu vou chamar este lugar — disse, pensando que teria que fazer um mapa, como o da escola do Doutor Fanhoto. — Será que aqui também tem equilibristas?

— Mamãe dizzze que a Grande Toca daqui zzzó tem baratazzz e uma família muito zzzimpática de camundongozzz. Dizzzeram que àzzz vezzzezzz aparezzze um equilibrizzzta que pega umazzz coizzzazzz do chão da Toca e vai embora — contou, e continuou pensativa: — Engrazzzado, nunca cruzzzei o Muro do Fim do Mundo antezzz...

— O Muro do Começo do Mundo — corrigi.

Descobri que saudade pesava ainda mais que medo, e por isso demorei pra encontrar um cantinho onde cavoucar um novo cafofo. Fiquei parado no lugar em que o emplumado me cuspiu por quase três dias, sem me mexer. Não sei como não sequei ou fui lanchado. Enquanto estava lá, o Curry apareceu várias vezes, sempre trazendo um bicho no bico. Foi assim que reencontrei a Besouro Betty, a Dona Chéli, e até o Grilo Godoy. Esse último, confesso, foi uma surpresa. Difícil pensar no senhor Godoy como "bacana", mas acho que na hora de ajudar, o Curry não fazia distinção.

Quando o Quelei e os outros caracóis finalmente chegaram, eu me juntei a eles enquanto vagavam pelo Novo Jardim em busca de um lar. Finalmente, se acomodaram ao lado de umas pedras, perto do lugar que a Liby disse que enchia de água na época das chuvas.

O Novo Jardim tinha poucas plantas e só duas árvores, nenhuma tão grande como o abacateiro, então foi difícil achar um lugar onde eu não corresse o risco de ser pego por um emplumado assim que botasse a cabeça pra fora. No final, fui morar em meio às raízes da árvore onde ficava a nova colmeia das abelhas.

Apesar de não ter equilibristas, o Novo Jardim era – em condições normais – mais perigoso que o Jardim. A falta de esconderijos deixava os bichos expostos aos predadores, então comecei a dar umas dicas de camuflagem pra umas minhocas que conheci no caminho da casa do Quelei. Acho que foram úteis, porque de repente começou a aparecer um monte de bicho querendo conhecer as técnicas de camuflagem que aprendi com a vovó.

Foi assim que começou a Escola de Camuflagem Minhoca Ana Elídea, "onde qualquer bicho pode ser um camaleão". Esse era o nosso *slogan*, criado pelo Doutor Bartolomeu em sua única visita ao Novo Jardim. Na época, eu nem sabia o que eram camaleões. Depois que o Doutor me explicou, esses bichos viraram meus ídolos.

Os alunos da escola vêm de todos os cantos e têm as mais variadas formas e tamanhos. Tive até a oportunidade de dar aulas para um bicho-pau e um bicho-folha que buscavam técnicas criativas, já que no Novo Jardim às vezes faltam galhos e folhas para esses insetos se esconderem.

Eu e minha escola nos tornamos bastante conhecidos. Aqui, no Novo Jardim, eu sou o Professor Haroldo, famoso por ser durão, uma qualidade curiosa para uma minhoca. A Belhuda, que se tornou "Rainha Belhuda", morre de rir quando ouve dos outros bichos o quanto eu sou exigente. Já o Quelei conta para quem quiser ouvir que somos melhores amigos e que ele só me chama de Dodô. Se algum bicho desconhecido aparece na escola me chamando de "Doudôu", eu logo sei quem foi que o indicou.

Apesar de a vovó não estar mais comigo, eu nunca a senti tão próxima. Sempre que dou aula, imagino a vovó esticada ali, no meio dos meus alunos. E é para ela que eu dedico as minhas lições. Onde quer que ela esteja... no sol, na terra, ou no bico de uma coruja, em meio às minhas memórias, tenho certeza de que ela está orgulhosa de mim. Apesar da saudade, sou uma minhoca feliz. Meus amigos estão próximos e eu encontrei uma forma de fazer a diferença.

Minha vida segue uma rotina. De manhã e à tarde, dou aulas na Escola de Camuflagem; à noite, me reúno com os velhos amigos para "chutar um barro", como a gente costumava dizer. Quando ninguém aparece, passo o meu tempo aperfeiçoando o mapa do Novo Jardim, ou registrando as minhas memórias.

Hoje em dia, é mais difícil juntar a galera. Milhares de abelhas dependem da Rainha Belhuda, que é uma líder muito querida e bastante consciente das suas obrigações e responsabilidades. O Quelei se casou com a Quelly e agora eles têm oitenta e nove caracoizinhos para cuidar. Sou padrinho de duas dúzias deles e os visito sempre que a escola está em recesso. Liby criou uma escola de dança para bichos alados e produz belos espetáculos sobre o Novo Lago das Libélulas. E a Rosa? Não demorou para ela se tornar coronel, Coronel Rosa! Não sei como, mas ela conseguiu conciliar eficiência e espírito de equipe com individualismo. O formigueiro C527 ganhou até um prêmio de excelência do CIFC, o Comitê Intrajardinal de Formigas-Cortadeiras. O mais incrível é que a Coronel Rosa e a Rainha Belhuda se tornaram grandes amigas e colaboradoras.

Confesso que desde que cheguei ao Novo Jardim me vejo olhando em volta, em busca de uma borboleta azul. Uma vez avistei uma, próximo à Grande Toca, e interrompi a aula da manhã para juntar e esticar até lá. Quando cheguei, ela já tinha voado. Fiquei bastante chateado, me sentindo todo vazio por dentro, mas naquela noite a Belhuda me lembrou que existem milhares de borboletas azuis no mundo e que as chances de aquela borboleta ser o nosso amigo Tunes eram mínimas.

– Dodô, zzze o Tunezzz não voltou até hoje, ele não volta maizzz...

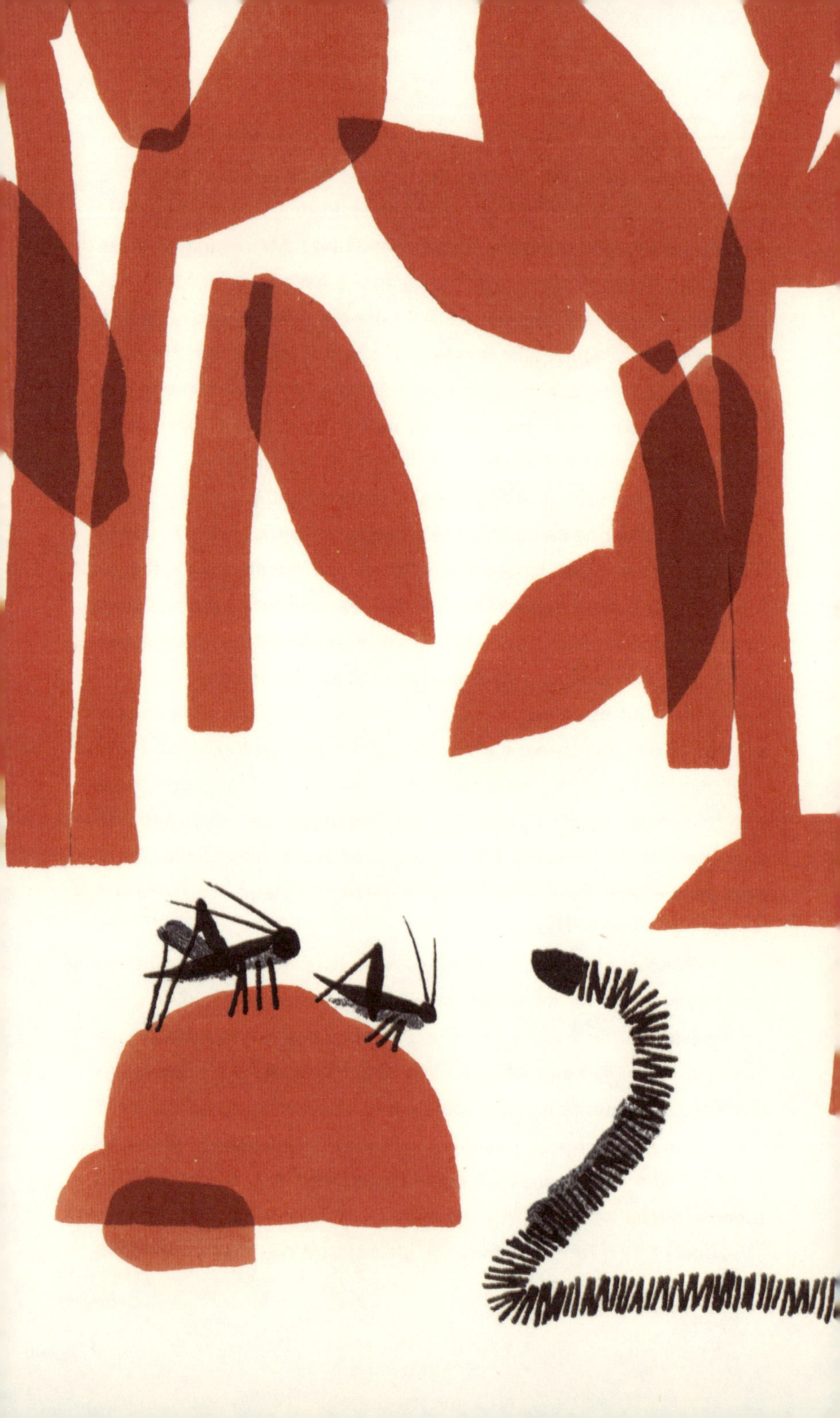

– Eu queria tanto ter conhecido esse Tunes...
– Você ia gostar dele, Rosa.
Então, numa manhã igual a tantas outras, dois grilos, mãe e filho apareceram na Escola. Chegaram de Velhão, um escaravelho que fazia o mesmo serviço do Beto que, pelo que eu soube, tinha se aposentado e ido morar com a Lesma Lorna no Espinhaço das Rosas, um dos poucos lugares que restaram do "velho" Jardim.

A mãe-grilo, Dona Godiva, queria que eu desse aulas particulares para o filho. Ela contou que o grilinho Godofredo se recusava a pular pelo Novo Jardim desde o dia em que o pai fora lanchado por um pássaro, na sua frente. Ela tinha esperanças de que, com as minhas aulas, Godofredo desenvolvesse a confiança necessária para voltar a viver a vida normal de um jovem grilo.

Assustado, o grilinho se acomodou sobre uma folha. Estava nervoso e não parava de olhar em volta, buscando sinais de perigo. Dona Godiva participou da aula ao lado do filho, para tentar acalmá-lo.

– Você é um grilo ou uma folha? – perguntei ao Godofredo, que me olhava com os olhos arregalados e as antenas tremendo.

– Um grilo!

– E o que os grilos fazem?

– Não sei... – disse, tímido.

– Como não sabe, Godofredo? – ralhou a mãe.

– Vamos, Godofredo, pense bem, o que os grilos fazem? – insisti.

– Pulam?

– O que mais?

– Cricri?

– E muitas outras coisas, não é mesmo?

– Acho que sim...

– Mas para fazer tudo isso, ter liberdade com segurança, às vezes um grilo precisa ser um grilo-folha ou um grilo-caule...

E continuei explicando as diferentes formas que um grilo poderia adquirir e a importância da camuflagem. Depois que testamos algumas poses, mostrei o mapa do Novo Jardim e indiquei as regiões onde a camuflagem era praticamente impossível.

– Se você não pular por esses lugares e praticar as técnicas que aprendemos, vai ficar tudo bem. E não acredite em bichos que lhe digam diferente, combinado?

– Sim, Professor Haroldo – disse Godofredo, um pouco mais confiante.

Quando nos despedíamos, Dona Godiva comentou:

– Essa sua aula me fez lembrar de um grande amigo.

– É mesmo? – disse, ocupado em organizar o espaço para a próxima turma.

– Sim, cada dia ele é uma coisa diferente. Mas não para se esconder, é mais para... acho que para combinar com o seu humor.

Parei o que estava fazendo. Dona Godiva continuou:

– Às vezes ele é uma borboleta-grilo, às vezes uma borboleta-terra, às vezes uma borboleta-pétala – disse, sorrindo. – Cada dia é uma surpresa com aquela borboleta azul.

– Borboleta azul – repeti, desembrulhando as palavras que estavam guardadas há tanto tempo dentro de mim. Fazendo força para controlar minha emoção, perguntei: – E... qual é o nome dele?

– Pois é, aí é que está... Meu amigo é tantas coisas diferentes, mas não sabe quem realmente é. Ele acha que a transformação de lagarta em borboleta foi traumática e roubou-lhe a memória. Disse que nunca se sentiu muito à vontade com asas.

– Então... – murmurei.

Estava feliz e profundamente triste. Dona Godiva deve ter percebido.

– Ah! Não sinta pena dele, não! Para quem não gosta de ter asas, até que o Azul... é assim que o chamamos, sabe?... até que o Azul viaja bastante e faz muitos amigos. Tem sempre histórias divertidas para contar. Um dia destes ele aparece por aqui. Se quiser, lhe apresento. Algo me diz que o senhor e ele vão se dar muito bem.

– Eu gostaria muito – disse. – E, Dona Godiva...

– Sim, Professor Haroldo?
– Pode me chamar de Dodô.

Diálogo XII

– Como assim, ficou diferente?
– Aqui fora.
– Claro que ficou diferente. Agora temos a quadra.
– Falo do silêncio.

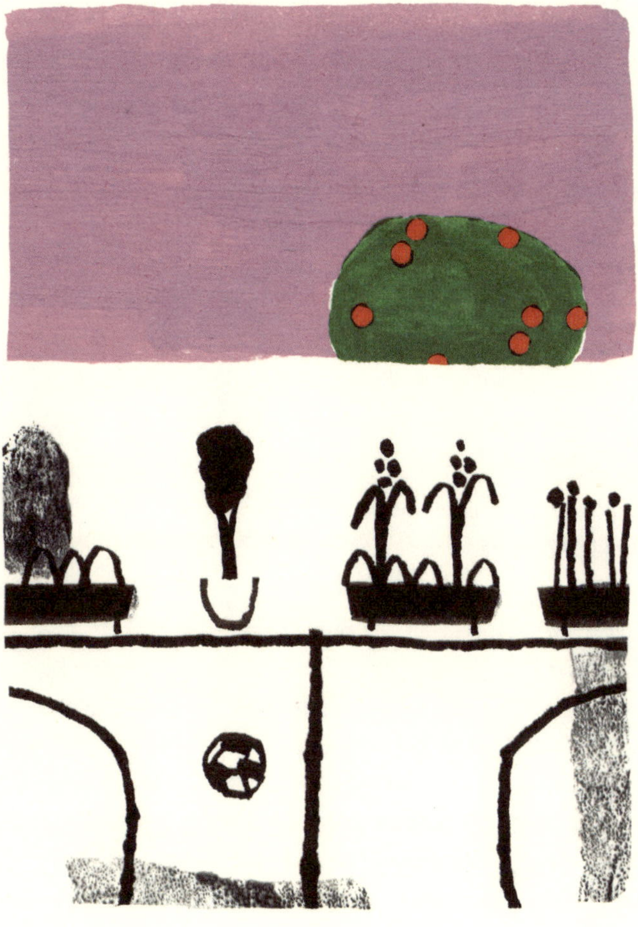

Daniella Michelin

Sou uma carioca nascida em São Paulo. Tive a sorte de crescer num lar onde não faltavam livros e onde conheci os escritores que marcaram a minha infância, como Lygia Bojunga, Érico Veríssimo, Maria Clara Machado, entre tantos outros. Quando menina, escrevia canções e peças de teatro e foi nos palcos da escola e do Teatro Tablado que comecei a trabalhar personagens, enredos e diálogos.

Aos 14 anos deixei o Rio de Janeiro e fui morar no exterior, onde me formei em Antropologia e concluí um mestrado em Diplomacia e Direito Internacional. Após quinze anos, retornei ao Brasil. Morei em São Paulo e depois no interior de Minas. Foi lá que ajustei o meu olhar para os pequenos fenômenos da natureza. Aprendi nomes de plantas e bichos, e descobri os tempos e as manias de cada um.

Com meu filho, Noah, retomei o contato com a infância e com a literatura infantil. Histórias novas e antigas começaram a ocupar a minha mente, pedindo para sair, e como eu não sou lagarta para criar personagens em folhas, comecei a escrever. Escrevi tanto que fiz uma pós-graduação em escrita infantojuvenil. Me formei em 2020, ano em que fui finalista do Prêmio Barco a Vapor.

Hoje vivo na grande São Paulo, sob a copa de um frondoso abacateiro. Quando não estou inventando histórias, cuido do jardim, alimento as minhocas, protejo crisálidas do sol e das podas, resgato abelhas da água e liberto libélulas e borboletas que se aventuram para dentro da minha casa.

P.S.: Raramente encontro baratas (ainda bem!) mas, quando isso acontece, tento controlar os meus gritos para não assustar os vizinhos e os bichos do jardim.

Elisa Carareto

Nasci em 1986, no interior de São Paulo. Até hoje meus pais cuidam de um jardim na mesma casa onde cresci. Esse jardim começou pequeno, mas aumentou com o passar dos anos para poder comportar mais plantas. Com mais plantas, vieram mais bichos. Por muito tempo tive medo e nojo deles. Meu pai sempre me disse que eu estava errada e que eles eram bonitos, cada um à sua maneira. Ele insistia em mostrar, me chamando pra vê-los de perto: a lagarta-torcedora-do-Criciúma, as lagartas-míopes-da-palmeira, o bicho-alien-do-pé-de-romã, as teias brilhantes das aranhas, o gafanhoto verdolengo... Demorou um tempão, mas hoje olho admirada para os bichos que aparecem em nosso jardim. A diversidade de formas e cores deles é inspiração para fazer o que mais gosto: criar imagens. Só as baratas eu ainda não suporto, mas preciso me apressar em fazer amizade... Vai que o plano delas de dominar o mundo dá certo?

O livro *Pode me chamar de Dodô* foi composto na ÔZé Editora, com a tipografia Chivo e impresso em papel Pólen 90g, em junho de 2022.